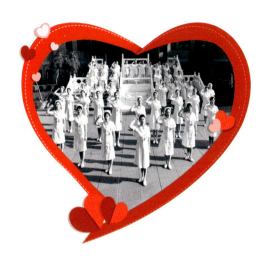

谨以此书献给所有抗击新冠疫情的白衣天使！

天使的力量

——新冠战"疫"中的华西护士

TIANSHI DE LILIANG

——XINGUAN ZHAN "YI" ZHONG DE HUAXI HUSHI

主编 曾勇 蒋艳

四川科学技术出版社

·成都·

图书在版编目（ＣＩＰ）数据

天使的力量：新冠战"疫"中的华西护士 / 曾勇，
蒋艳主编. -- 成都：四川科学技术出版社，2021.1

ISBN 978-7-5727-0062-0

Ⅰ.①天… Ⅱ.①曾… ②蒋… Ⅲ.①报告文学—中
国—当代 Ⅳ.①I25

中国版本图书馆CIP数据核字(2021)第115330号

天使的力量
——新冠战"疫"中的华西护士

主　　编　曾　勇　蒋　艳

出 品 人　程佳月
策划组稿　钱丹凝
责任编辑　何晓霞
封面设计　杨璐璐　晨　旭　经典记忆
封面摄影　王　曦
版式设计　杨璐璐
责任校对　王双叶
责任出版　欧晓春
出版发行　四川科学技术出版社
地　　址　四川省成都市青羊区槐树街2号　邮政编码：610031
成品尺寸　156mm×236mm
印　　张　15　字 数　330千字　插 页　2
印　　刷　成都市金雅迪彩色印刷有限公司
版　　次　2021年10月第1版
印　　次　2021年10月第1次印刷
定　　价　66.00元
ISBN 978-7-5727-0062-0

《华西医学大系》顾问

（按姓氏笔画为序）

马俊之　吕重九　张泛舟　张肇达　陈钟光

李　虹　步　宏　郑尚维　胡富合　唐孝达

殷大奎　曹泽毅　敬　静　魏于全

《华西医学大系》编委会

（排名不分先后）

主任委员

张　伟　李为民　何志勇

副主任委员

李正赤　万学红　黄　勇　王华光　钱丹凝

委　员

程南生　曾　勇　龚启勇　程永忠　沈　彬

刘伦旭　黄　进　秦伏男　程佳月　程述森

秘书组

廖志林　姜　洁　徐才刚　郑　源　曾　锐

赵　欣　唐绍军　罗小燕　李　栎

本书编委会

主　　审：李为民　张　伟

顾　　问：廖志林　成翼娟

主　　编：曾　勇　蒋　艳

副 主 编：龚　姝　黄　浩　安晶晶　刘　欢（宣传部）

常 务 编 委：（按姓氏拼音顺序排序）

　　　　　曹晓翼　陈　慧　戴　燕　龚仁蓉　谷　波

　　　　　何晓俐　李俊英　罗艳丽　孟宪东　田永明

　　　　　王　立　杨　蓉　叶　磊　袁　丽　张雪梅

　　　　　朱　红

编　　者：（按姓氏拼音顺序排序）

　　　　　郭　智　贺育华　胡紫宜　黄明君　吕　娟

　　　　　王　磊　魏申毅　卫新月　叶燕琳　宗思妤

《华西医学大系》总序

　　由四川大学华西临床医学院/华西医院（简称"华西"）与新华文轩出版传媒股份有限公司（简称"新华文轩"）共同策划、精心打造的《华西医学大系》陆续与读者见面了，这是双方强强联合，共同助力健康中国战略、推动文化大繁荣的重要举措。

　　百年华西，历经120多年的历史与沉淀，华西人在每一个历史时期均辛勤耕耘，全力奉献。改革开放以来，华西励精图治、奋进创新，坚守"关怀、服务"的理念，遵循"厚德精业、求实创新"的院训，为践行中国特色卫生与健康发展道路，全心全意为人民健康服务做出了积极努力和应有贡献，华西也由此成了全国一流、世界知名的医（学）院。如何继续传承百年华西文化，如何最大化发挥华西优质医疗资源辐射作用？这是处在新时代站位的华西需要积极思考和探索的问题。

　　新华文轩，作为我国首家"A+H"出版传媒企业、中国出版发行业排头兵，一直都以传承弘扬中华文明、引领产业发展为使命，以坚持导向、服务人民为己任。进入新时代后，新华文轩提出了坚持精准出版、精细出版、精品出版的"三精"出版发展思路，全心全意为推动我国文化发展与繁荣做出了积极努力和应有贡献。如何充分发挥新华文轩的出版和渠道优势，不断满足人民日益增长的美好生活需要？这是新华文轩一直以来积极思考和探索的问题。

基于上述思考，四川大学华西临床医学院/华西医院与新华文轩出版传媒股份有限公司于2018年4月18日共同签署了战略合作协议，启动了《华西医学大系》出版项目并将其作为双方战略合作的重要方面和旗舰项目，共同向承担《华西医学大系》出版工作的四川科学技术出版社授予了"华西医学出版中心"铭牌。

人民健康是民族昌盛和国家富强的重要标志，没有全民健康，就没有全面小康，医疗卫生服务直接关系人民身体健康。医学出版是医药卫生事业发展的重要组成部分，不断总结医学经验，向学界、社会推广医学成果，普及医学知识，对我国医疗水平的整体提高、对国民健康素养的整体提升均具有重要的推动作用。华西与新华文轩作为国内有影响力的大型医学健康机构与大型文化传媒企业，深入贯彻落实健康中国战略、文化强国战略，积极开展跨界合作，联合打造《华西医学大系》，展示了双方共同助力健康中国战略的开阔视野、务实精神和坚定信心。

华西之所以能够成就中国医学界的"华西现象"，既在于党政同心、齐抓共管，又在于华西始终注重临床、教学、科研、管理这四个方面协调发展、齐头并进。教学是基础，科研是动力，医疗是中心，管理是保障，四者有机结合，使华西人才辈出，临床医疗水平不断提高，科研水平不断提升，管理方法不断创新，核心竞争力不断增强。

《华西医学大系》将全面系统深入展示华西医院在学术研究、临床诊疗、人才建设、管理创新、科学普及、社会贡献等方面的发展成就；是华西医院长期积累的医学知识产权与保护的重大项目，是华西医院品牌建设、文化建设的重大项目，也是讲好"华西故事"、展示"华西人"风采、弘扬"华西精神"的重大项目。

《华西医学大系》主要包括以下子系列：

①《学术精品系列》：总结华西医（学）院取得的学术成果，学术影响力强；②《临床实用技术系列》：主要介绍临床各方面的适宜技术、新技术等，针对性、指导性强；③《医学科普系列》：聚焦百姓最关心的、最迫切需要的医学科普知识，以百姓喜闻乐见的方式呈现；④《医院管理创新系列》：展示华西医（学）院管理改革创新的系列成果，体现华西"厚德精业、求实创新"的院训，探索华西医院管理创新成果的产权保护，推广华西优秀的管理理念；⑤《精准医疗扶贫系列》：包括华西特色智力扶贫的相关内容，旨在提高贫困地区基层医院的临床诊疗水平；⑥《名医名家系

列》：展示华西人的医学成就、贡献和风采，弘扬华西精神；⑦《百年华西系列》：聚焦百年华西历史，书写百年华西故事。

我们将以精益求精的精神和持之以恒的毅力精心打造《华西医学大系》，将华西的医学成果转化为出版成果，向西部、全国乃至海外传播，提升我国医疗资源均衡化水平，造福更多的患者，推动我国全民健康事业向更高的层次迈进。

《华西医学大系》编委会

2018年7月

从护士到战士

"Nurse"一词起源于欧洲的克里米亚战争时期，开始于英国的弗洛伦斯·南丁格尔，可谓是一个西方舶来品。

在中国，"Nurse"被翻译为"护士"，其翻译者应该是通晓西方文明、深谙中华文化，因为这个翻译不仅信达雅，而且对这个职业和从业者的职业特点、职业精神、社会评价都给予了精彩的呈现。

在中国古代文化语境里，"士"是特殊的社会阶层、精英群体。说到"士"，我们可以脱口而出一系列经典语言，诸如"士不可以不弘毅，任重而道远""士可杀不可辱""士为知己者死"，等等。总之，"士"是对某类人群的荣誉称谓，并不特指某一职业。

那么，Nurse这个职业人群，为何在中国能被以"士"冠名呢？

如果之前我们没有思考过这个问题，或者去寻找过有关答案的话，那么在2020年新冠肺炎战"疫"中，这个群体的所作所为，已经把答案告诉了我们。

平常，护士因为从事的是救死扶伤、治病救人的医疗工作，职业要求必须具备爱心、耐心、细心和责任心，因此他们被称为"白衣天使"。而非常时期，护士又必须成为勇士，去和看不见、摸不着而又实实在在客观存在，可能夺取患者和医护人员健康乃至生命的病毒、细菌作坚决的斗争，所以他们又被称为"白衣战士"。这个集天使光环和战士荣耀于一身的群体，被称为"士"，恰如其分、理所当然。

2020年新冠肺炎战"疫"，堪称世界医学史上史无前例的、没有硝烟的战场，全国派出精锐医疗力量4.2万人，其中护士为2.86万人，占医疗队总人数的68%。我们四川大学华西医院派出123名护士参与武汉抗疫，40名护士增援成都公卫中心，3名护士驰援海外……800名经过训练的护士预备队枕戈待旦，随时听候国家调遣；在医院本部，我们还有4 000余名护士坚守在各自岗位上抗击疫情。

从护士到战士，华西护理人怀揣着牢记不忘的初心使命，在灰色笼罩之下拨云见日，用双手托起中国必胜的朝阳。

从护士到战士，华西护理人坚守着家国情怀的从容，在疫情的洪流中逆行出征，用专业与敬业书写了一个个感人至深的故事。

从护士到战士，华西护理人手握着爱与希望的利剑，在一次次战斗中传递温暖，让华西护理的战旗高高飘扬。

此时，我看到面前这本《天使的力量——新冠战"疫"中的华西护士》，百感交集。阅读每一个华西护理战士的战"疫"故事，内心充满着长久的感动和强烈的自豪。感动，是因为历史不会忘记你们昨天的付出；自豪，是因为你们无时无刻不在用行动传递着一种伟大的精神——华西精神。

因为爱

为什么我们眼里常含泪水？因为我们对这土地爱得深沉。

为什么我们枕戈待旦逆风前行？因为我们对党和国家无限忠诚。

为什么我们能以弱小的身躯滚动100多公斤的氧气瓶？因为我们对人民充满真爱。

2020年新冠肺炎战"疫"中的华西护士，是一个英雄的群体，谱写了一首不朽的诗篇。

《天使的力量——新冠战"疫"中的华西护士》记录了在抗击新冠肺炎疫情中感人至深的华西护理故事，是一部意义重大，值得高度赞扬、充分肯定的作品。

浏览目录，一个个生动美丽的华西护士形象跃然纸上；细读章节，一个个令人感动、激动、振奋的华西故事闪回脑际。闻疫情，请战书信雪片飞来；为备战，及腰秀发齐根剪断；在前线，忠孝两难精忠报国；战病毒，华西智慧出手不凡。

作为医生，我深知在新冠肺炎战"疫"中，护士是一个冲锋在最前线，和病毒接触最直接、风险最高、工作最具体、任务最繁重的群体。他们不仅需要用专业知识承担抗击新冠肺炎疫情的使命，还要用爱心充当患者与家属的沟通者。他们既是医务工作者，又是心理照护者，还是党和政府对患者关爱最直接的传达者。可以说，新冠肺炎战"疫"中的护士是在"时时刻刻直面病毒，分分秒秒照护身心，点点滴滴传递真情"。

作为四川大学华西临床医学院/华西医院的党委书记，在2020年新冠肺炎战"疫"中，在上级党政班子的坚强领导下，我自信于全院各党支部战斗堡垒作用和共产党员先锋模范作用的充分发挥，感动于全院广大医护人员、师生员工的紧密团结、义无反顾、勇往直前，感谢于党和国家以及全社会给予华西的充分肯定和高度赞扬。

四川大学华西医院自成立以来，我们的医院曾经历过许多的重大事件，每一次都表现得十分优秀，成绩突出，甚至堪称卓越。而2020年的新冠肺炎战"疫"又与以往不同，这是一场全球范围人类与病毒的战斗。在这场战争中，各国之间不仅有科学医学的竞赛，也有体制的优劣比较，甚至还有对待疾病的不同理念。

在中国，这是一场由习近平总书记亲自部署、亲自指挥疫情防控的人民战争。从武汉保卫战、各地阻击战到全国总体战，全国人民万众一心、众志成城，医务人员白衣执甲、冲锋在前。

在这场史无前例的抗疫大决战中，我们华西"方面军"被中国人民自豪地赞誉为"王炸天团"之一。从成都到四川，从武汉到全国，从中国到欧洲、到非洲，华西"方面军"冲锋在前，华西成绩卓著。我为华西自豪，我为我们的团队骄傲。

这里我还要特别感谢编写这本书的华西医院护理团队，你们不仅参加抗击新冠肺炎的战斗，还拿起笔，记录下华西护理团队和护士们的战斗经历；换个说法，你们既是战士又是战地记者。用笔记录经历不是你们的专业，更不是你们的长项，但你们竟然做得如此优秀。

我想原因也许很简单——因为爱。

目 录

第一章
请战与备战

疫情之下，一纸请战，勇赴前线

第一节
1 300余封请战书

己亥末

庚子伊始

一场战"疫"暴发，来势汹汹

武汉告急！

湖北告急！

中国告急！

当战斗打响

你们挺起无畏的胸膛

按下一个个鲜红的手印

如同一枚枚胜利勋章

道一声珍重

就是对你们殷切的希望

——四川大学华西医院中西医结合科　罗琰文　程桂兰

　　新型冠状病毒肺炎（简称新冠肺炎）疫情突如其来，搅乱了2020年本该阖家团圆的春节，也搅乱了原本正常的生活。从一开始，党中央就把疫情防控定位为"人民战争"。仗怎么打，靠什么赢？依靠谁，为了谁？人民战"疫"靠人民；人民战"疫"为人民。

　　当战斗的号角吹响，身着白衣的战士们，没有一个胆怯退步，没有一个畏惧不前。在得知武汉疫情严峻急需支援时，四川大学华西医院全体护理人员闻令而动。在支援武汉报名通知下达后1个小时内，护理部收到了来自全院各科室、各级各类护理人员1300余封请战书，他们中有科护士长、护士长等护理管理者，有各科室的护理骨干，还有以规范化培训护士（简称规培护士）和实习护士为代表的年轻一代护理生力军。一封封请战书，一个个鲜红的手印，字里行间都是华西护理人传承的责任与担当。

招必应！战必胜！

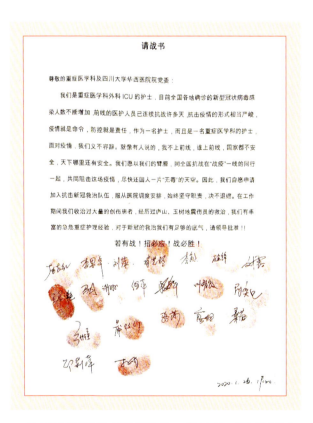

四川大学华西医院重症医学科外科ICU[1]护理单元提交的请战书

---

[1] ICU：重症加强护理病房。

这是一封来自四川大学华西医院重症医学科外科ICU护理单元的请战书，其中写道："作为一名护士，而且是一名重症医学科的护士，面对疫情，我们义不容辞。"在此次抗击新冠肺炎疫情的战斗中，重症医学科的护理人员成为四川大学华西医院组建的援鄂医疗队里的中坚力量。

四川大学华西医院共计7个重症医学科护理单元，护理人员人数达500余人。重症医学科科护士长田永明教授在疫情之初率先请战，其余护士也纷纷请愿。他们在一张张请战书上按下光荣的手印，并且承诺："若有战！招必应！战必胜！"

中华民族是一家

吉克夫格，四川大学华西医院急诊科护士，一个生长于大凉山的彝族小伙儿。他在自己的请战书的最后，特别加上了一句："不计报酬，无论生死"。

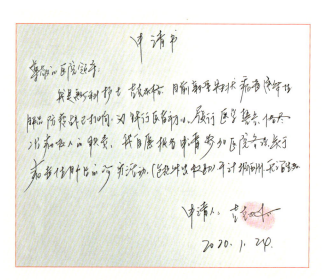

吉克夫格的请战书

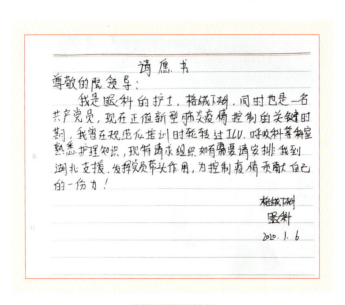

请愿书

尊敬的院领导：

　　我是眼科的护士，格绒下姆，同时也是一名共产党员，现在正值新型肺炎疫情控制的关键时期，我曾在规范化培训时轮转过ICU、呼吸科等科室熟悉护理知识，现特请求组织如有需要请安排我到湖北支援，发挥党员带头作用，为控制疫情贡献自己的一份力！

格绒下姆
眼科
2020.1.6

格绒下姆的请战书

　　格绒下姆，四川大学华西医院眼科护士，一个生长于四川省丹巴县的"90后"藏族姑娘。她在自己的请战书里写道："如有需要请安排我到湖北支援，发挥党员带头作用，为控制疫情贡献自己的一份力。"

　　他们来自于祖国的少数民族地区，都成长在红旗下。在抗击"非典"、汶川"5·12"地震救援时，他们还是被悉心保护的孩子，而如今已然成为抗击新冠肺炎疫情的主力军，成为值得信赖与托付的冲锋者、坚守者。2020年2月7日，吉克夫格和格绒下姆作为四川大学华西医院第三批援鄂医疗队的成员踏上了驰援武汉的征程。

　　而在他们的背影后，还包含着家人的嘱托与希望。家人送行的话语中有隐隐的担心，有殷切的期望，更有满满的自豪。在家人的心里，他们是稀世珍宝，而在国家需要时，虽然内心有千般不舍与担忧，但仍然全力支持他们的选择。因为我们都是中华民族的儿女，在祖国危难之时，逆行而上舍我其谁！

侄女格绒下姆：

正值我国发生翻天覆地变化之年，我国遭遇新型肺炎疫情，在正当需要医生（护士）的时候，你踊跃报名四川大学华西医院援武汉医疗队，成了我们全家人的光荣，成了家乡的光荣；在此你也要注意身体，做好防护措施，当今生活离不开国家、我党的浴血奋战，特此我代表我全家人，向武汉人们付出自己以及家人一点爱心捐助，望侄女格绒下姆在工作之余能够代缴。

大伯：汪扎

吉克夫格亲人嘱托　　　　　　　　格绒下姆亲人嘱托

| 新生之声 |

在1 300余封请战书里，还有许多规培护士自愿请战的声音。他们初入临床，专业知识还需要储备，专业技能也稍显生涩。在这场非常战"疫"中，他们无畏风雨，无惧生死——"虽然我只是一名规培护士，但也想尽自己的一分力量"。虽然在各方面综合考量之后，规培护士并不是这次抗疫的一线力量，但从一封封请战书里能看到他们的可贵，他们浑身洋溢着激情。这一封封请战书传递而来的，还有一份信念——坚信未来护理新生力量一定可以勇敢接过历史的接力棒，撑起中国护理的天空。

无论自己身处何地，无论面对何种艰险，危难之际，总有华西护理人的身影，用他们的专业、精业、敬业抚平创伤。这就是华西人的家国情怀、平民情感。

基辛格在《论中国》中写道："中国人总是被他们之中最勇敢的人保护得很好。"这一封封请战书，背后都是一颗颗滚烫的赤子之心，都是一颗颗真挚的勇敢之心。身着白衣的他们，各自接受使命，共赴战

四川大学华西医院血液内科规培护士的请战书

场。日复一日，在黑暗中撷获一缕晨光，待到无声无形的敌人湮灭时，他们归来也是——慈爱的父亲、温柔的母亲、阳光的小伙、美丽的姑娘、刻苦的学生。

"岂曰无衣？与子同袍。"一袭白衣，即为战袍；一身技能，即为利刃。所谓前行，并不孤单；所有逆行，皆为生机。

第二节
履霜坚冰，枕戈待旦

战"疫"冲锋的号角已吹响

有人上前线奔向远方

有人在后方保驾护航

他们将武器再次武装

他们站起与病毒抵抗

他们用双手捍卫故乡

他们就是华西护士

——四川大学华西医院甲状腺外科 胡紫宜

每一条抗疫前线就像殊死搏斗的"擂台"，牢牢吸引着全国乃至全世界人民的目光。在这个"擂台"上，四川大学华西医院护理团队充分体现了训练有素、专业修养、科研实力，在经过2003年"非典"疫情、2008年"5·12"汶川大地震等突发应急事件的磨炼后，他们越来越能担当起重要的角色与职责，在"擂台"中心和其他医院的医务人员一起并肩战斗，直面病魔的挑战。

2020年1月16日，四川省卫健委召开医政会议，通报国家卫健委（中华人民共和国国家卫生健康委员会）对新冠肺炎疫情防控要求。四川大学华西医院作为成都市集中收治新冠肺炎患者的定点医院，当天成立防治小组，17日启动24小时发热门诊，19日将传染科改为隔离病区（42张床位）准备收治患者。

根据医院统一安排，1月24日护理部立即成立专项领导小组。护理部蒋艳主任担任组长，黄浩副主任及龚姝副主任担任副组长，一个涉及三层级、纵横结合的新冠肺炎救治专项组织架构搭建完成。

三级病房救治管理：护理部主任—科护士长—病房护士长；五个资源管理小组：人力资源调配组、质量与安全组、专业培训组、中央运输组、物资调配组。

如此，四川大学华西医院新冠肺炎救治网格化护理管理模式应运而生，全面有序推进新冠肺炎救治护理工作。

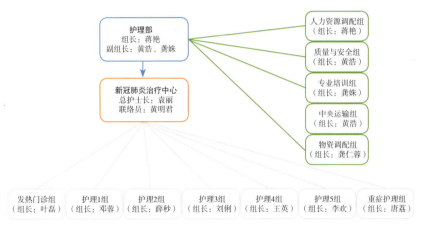

四川大学华西医院新冠肺炎救治网格化护理管理模式架构

两库四级，精准调配

面对4 330名不同职称、不同学历、不同专科的护理人员，护理部既要针对医疗队需求选出护理的精兵强将，又要保证医院100个护理单元常规工作的正常运行，确保紧急救治和常规任务双轨运行模式下的有序和高效。护理部根据疫情发展趋势预判储备护理人力资源，基于人员身心状况和专业能力，在涉及可能的对外支援、病房调整、对内调配时，及时调整护理人员数量与质量，满足疫情救治与院内普通救治护理各班次的人员要求，最终形成了应对新冠肺炎疫情的护理管理法宝——"两库四级"人力调配体系。

建立"两库四级"的基础在于对各科室工作负荷的评估，包括患者数量、危重患者数量、急诊/手术量。精确评估才能科学合理地平衡常规任务与紧急救治任务的人力需求，确保双轨治疗任务的顺利完成。而护理人员的数量和质量是保证突发事件紧急救治工作及时、安全的基础。新冠肺炎属呼吸道传染性疾病，其救治涉及呼吸内科、ICU、急诊等重点科室。护理部在形成人力储备库时精确梳理全院护士数量、职称、学历、年资结构分布，以及有6个月以上重点科室轮转经历的护士。分级分层管理是实现精准护理人员调度、应对突发公共卫生事件的关键。这需基于工作任务和护理人员现状评估结果，确定各病区护理人员，形成从一级到四级分别对应从高到低的护理人员调配优先等级。

从全院100个护理单元、4 330名护理人员中选出800名迅速纳入人力储备库，并细分为外派人力储备库和院内人力储备库，按照一级到四级的等级进行调配：一级人力外派支援，二级人力进行本院新冠肺炎救治中心工作，三级人力对本院重点科室（ICU、急诊、门诊、呼吸内科等）进行支援，四级人力保障其他病区正常运行。

最终形成的"两库四级"人力调配体系，为抗疫持久战保存了足够的储备力量。精准有序、层次分明的人力调度工作在紧急调配中显得临危不乱：167名护理人员参与武汉、成都公共卫生临床医疗中心（后简称成都公卫中心）、新疆及海外一线支援任务。为保障院内护理工作正常运行，保证临床质量与安全，院内人力储备库共计调动148人，支援院内新冠肺炎治疗中心44人（其中发热门诊21人、传染科11人、结核科12人）、重症监护室75人、门诊17人、呼吸内科2人、感染内科4人、中西医结合科6人。

自2020年1月25日以来，四川大学华西医院护理团队共计派出10支队伍，每次受命后不到1小时就能确认名单，还能从院内人力储备库中选出人员对重点科室进行力量增援，这都有赖于"两库四级"人力调配体系的精准管理。（见表1）

表1 新冠肺炎疫情"两库四级"的人力调配体系

护理人力储备库		支援对象	护理人力调配优先等级	人员准入标准
外派护理人力储备库	一级人力储备库	外派医疗队	一级	①相关专科工作经历>5年 ②护师及以上职称 ③年龄<50岁 ④身心健康 ⑤护理专业构成：呼吸、传染、急危重症、心理、感控
院内护理人力储备库	二级人力储备库	隔离病区发热门诊	二级	①本院工作年限≥5年 ②相关专科工作经历≥6个月 ③护理专业构成：呼吸、传染、急危重症、心理、感控 ④身心健康
	三级人力储备库	急诊、门诊、呼吸、传染、ICU	三级	①本院工作年限≥3年 ②相关专科工作经历≥3个月
	四级人力储备库	其他病区	四级	相关专科工作经历≥3个月

分层管理，专项培训

为确保培训工作的及时性、针对性、全面性和有效性，根据医院部署，护理部及时成立新冠肺炎疫情专项培训小组，由分管毕业后教育的龚姝副主任担任组长，科护士长与病区教学护士长担任组员，构建疫情期间护理部—大科—病区三级网格化管理、纵深式培训体系，负责开展全院护理人员疫情专项培训。面对800人的护理人力储备库，专项培训组依托四川大学华西医院护理部企业微信继续教育培训平台，一方面向支援一线的抗疫骨干人员进行新冠肺炎防控知识与技能、个人防护用品的穿脱等培训；另一方面对补充重症医学科储备护理人员进行基于ICU岗位胜任力的培训。

面对陌生而未知的新冠肺炎疫情，为了快速、有效地配合医院完成外派支援与内防管控的工作，满足"患者救治"与"保障安全"双重需求，2020年1月起，护理部根据疫情走向，以需求为导向，先后组织了各级各类十余次培训，应急培训与应急管理两手抓，全力为护理人员抗击疫情"保驾护航"。

在构建培训架构时，负责培训的龚姝副主任和曹晓翼科长考虑到此次培训的专业性与应急性，特邀医院院感部专家，传染科、急诊科、ICU、心理卫生中心核心骨干师资，开发防控精品课程，开展精准培训。在培训过程中，及时收集前线抗疫护理人员工作反馈，以持续行动改进为准则，以新冠肺炎感染防控为起点，进阶式增加护理人员心理调适、新冠肺炎护理技术及高危防护等内容，为抗疫护理人员提供有效知识和技术支持。

录制培训视频

在内容上，护理专项培训实施双轨并行制：抗疫专项培训面向外援人员、院内一线抗疫科室骨干人员展开，培训内容重点包括新冠肺炎防控知识与技能、个人防护用品的穿脱；ICU人力储备专项培训则针对ICU护理骨干支援武汉后形成的人力不足问题，以补充ICU人力为目标，基于ICU岗位胜任力设置，采用理论培训、实践培训、临床轮转方案，为ICU补充人力空缺。

在形式上，考虑到培训对象面向全院，人数庞大，且疫情期间需要避免人员聚集，专项培训采用"线上+线下"双重方式铺开。针对支援骨干，开展现场培训和实战演练，保证人人过关；针对其他护理人员（含规培护士、实习护士、进修护士），通过护理部企业微信平台，开展全院直播、在线回看、录像点播等模块，方便每位护理人员根据个人情况随时随地观看学习，帮助参培人员掌握关键要素。

始于教育，终于教育。有这样一些群体——规培护士、实习护士、进修护士，也是毕业后教育科一直在关注的对象。护理部以学院、医院相关文件规定为蓝本，结合学员特点，面向不同层次、不同类型学员，强化分层次网格化管理，每日落实动向信息，动态调整学员科室，开放在线专项培训资源，实现436名实习生、771名规培生、191名进修生信息登记全覆盖、新冠肺炎暴露零感染、教学事件零投诉、休假返岗零差错、高危科室无缝转出，切实保障学员安全，保证培训有序、高效、安全进行。

自2020年1月26日起，护理部专项培训已开放课程17门，其中直播4门，录播课程13门，可点击线上课程17门。截至2月13日，累计现场培训人员276人，直播观看16 378人次，直播观看时长1 667小时，点击观看16 981人次，培训工作取得了阶段性成效。

众难之下，质量保障

在突如其来的新冠肺炎疫情之下，面临全院范围内超过百名护理人员的调动、新冠肺炎疫情防控的艰巨任务，护理部黄浩副主任牵头带领质量安全小组，分人分片区，对高危科室、重点人群、关键环节启动疫情管控。

在疫情之初，护理部质控办迅速反应，通过华西护理部企业微信的"护理质达车"栏目连续推出6期关于新冠肺炎防控的相关护理要求，及时告知全院所有护理人员应严格遵守医院下发的相关规定，并要求重点做好门禁管理、限制病房人流、相对固定陪护家属，以及做好职业防护等相关管理。

四川大学华西医院护理部新冠肺炎疫情期间发布的相关护理要求

分管质控的黄浩副主任和朱红科长每日跟进，开展疫情临床督导共计300余次，尤其是隔离病房、发热门诊等高危科室，实现主院区与温江院区100余个科室全覆盖，重点督查门禁管理、体温监测、陪护管理等疫情防控相关工作，率先建立《临床科室护士、护工和患者、家属每日特殊情况报告制度》《各病房上报与监控流程》《转运工作流程》《外出检查工作流程》《标本采集制度》《新冠肺炎收治中心工作手册》《重点科室动态沟通机制》共7项流程制度规范，并指导编写《新冠肺炎管理手册》等。

与此同时，护理部预先意识到防护物资是抗击疫情的重要保障，积极协助设备物资部与临床科室做好关于新冠肺炎患者收治病房的相关物资准备协调工作，率先倡导全院普通科室合理使用防护物资，不过度防护，优先供给新冠肺炎收治一线科室的重点之需，并快速建立了"使用后护目镜的清洗消毒复用流程"，有效保证了护目镜的临床规范使用。此外，护理部及时联系陪伴管理公司，要求加强职业陪伴管理，减少不必要的人员流动，做好职业防护与外出返岗登记、每日监测体温等，确保职业陪伴行为符合疫情管控要求。

在护理部领导下，通过早期疫情临床督导、防控战线建设和管理制度建立三头并进，抗疫期间临床护理质量与安全得到了有力保障。

从2020年1月25日开始，从支援我国的武汉、成都公卫中心、新疆及国外的意大利、埃塞俄比亚、吉布提、阿塞拜疆，到坚守四川大学华西医院本部，4 330名华西护理人员科学救治，守望相助，凭借他们对生命的尊重和对专业的严谨，凭借多次灾难救援中积累的宝贵经验，凭借护理学排名全国医院科技量值第一的科技实力，凭借他们心中的家国情怀和肩上的责任担当，救援决策科学、保障有力、执行到位，在抗击新冠肺炎疫情中打了一场有准备的胜利之仗！

第三节
逆行之光

听，是脚步的集结号

看，是触目惊心的"白"

我们以抗击疫魔之名

一起站在这苦难的山顶

在黑暗中擎起火把

势要击退这洪水猛兽

你们是谁的母亲

你们又是谁的儿女

在这除夕之夜

不忘初心，牢记使命

自愿汇入爱的奔流

伴着无言的牵挂

背对着我们，渐行渐远

——四川大学华西医院中西医结合科 罗琰文 程桂兰

"我庄严宣誓：我志愿献身医学，热爱祖国，为祖国医药事业的发展和人类身心健康奋斗终生！我决心竭尽全力除人类之病痛，助健康之完美，维护医术的圣洁和荣誉！"临行前，四川大学华西医院的白衣天使们异口同声地宣誓，一声声铮铮誓言撼天动地。

他们来自不同科室，掌握不同专业，但他们也是父亲，是母亲，是丈夫，是妻子，是儿女……

纵然前方之路满布荆棘，但在他们紧握拳头，宣誓声如巨浪滔天的那一刻，白衣天使已然化身为战无不胜的白衣战士。

镜头1

——父亲

陈进东，"90后"，中共党员，四川大学华西医院温江永宁院区ICU男护士。2020年是他从事护理专业的第7个年头。而这一年年初，他刚刚成为父亲。平日里一向工作认真、不善言辞的他在紧急关头站了出来，向护士长提交请战书。

"宝宝才出生，家人和宝宝都需要你。"护士长提出她的顾虑。

"身穿白衣，抗击疫情责任在肩，不可推卸。身为父亲，理应树立榜样，立志育人。"陈进东回答得非常笃定，"2013年，我的家乡芦山县发生了7.0级地震，那年全国各地驰援芦山，帮助我们扛过灾难，后来才有了宽敞的新房和漂亮的县城。这份恩情，我一直铭记在心。7年后的今天，新冠肺炎侵蚀着江汉大地，我身为芦山人，又是一名华西护

临行前同事为陈进东（右三）打气送行

士，这趟征程我义不容辞！"

在确定援鄂的前一天，陈进东平时寡言的父亲终于忍不住向儿子说出了心里话："虽然我很担心你，但爸爸绝对支持你。因为我们是芦山人，这个时候，就该勇敢站出来！"

第二天离家时，刚出生三个月的儿子突然哭闹起来，同样是医务人员的妻子一边哄着孩子一边安慰他："没事儿，你去吧，家里有我呢！"

陈进东轻轻抱了抱妻子，摸了摸孩子的额头，默然转身，开门，挥手。

从出发的那一刻起，陈进东不再只是一个父亲，他穿上了白色的铠甲，铠甲上的名字是"战士"。

镜头2

——母亲

2020年1月23日，四川大学华西医院组建第一批援鄂医疗队，小儿ICU护理组组长漆贵华主动申请出征武汉，想为抗疫前线尽绵薄之力。

"我只是一名小护士，国家真正需要我们的时候是没有几次的。一旦需要我了，我愿尽自己之薄力，缓国'疫'之危机。"漆贵华向护士长唐梦琳说。

临近春节，满城张灯结彩，漆贵华刚下班到家，便接到了大年初一驰援武汉的通知。挂掉电话后，她激动得快要哭出来。因为她始终觉得，在重症监护室工作了14年，以自己的工作经验多多少少能为疫情中的患者尽到一份力。激动之余，她望向窗外的火树银花，想着即将到来的春节，竟也心生了几分犹豫……

新春佳节，谁不想陪着父母、陪着孩子呢？

漆贵华一如往常做了一顿可口的家常饭菜，跟两个女儿一块吃，饭后陪她们玩耍了一会儿，她想多花时间陪陪她们。为了不让孩子生疑，漆贵华只和两个女儿说："明天妈妈要出去开会，你们要乖乖听外婆的话。"她把两个女儿托付给年迈的母亲，说自己要去武汉，老母亲也没

临行前同事为漆贵华（第二排左四）送行

说多余的话，只是嘱咐她不要辜负组织，不要辜负自己。

漆贵华何尝没有看到母亲眼中强忍的眼泪？虽然母亲没有什么文化，却明白女儿的职责所在。

知女者，母亲也。

大年初一，漆贵华背着简单行装便踏上援鄂征程，她默默告诉自己："母亲需要我，女儿需要我，我一定会保护好自己，圆满完成任务，平平安安回来的。"

那一刻，漆贵华不再只是两个女儿的母亲，她穿上了白色的铠甲，铠甲上的名字是"战士"。

镜头3

——同袍

四川大学华西医院温江永宁院区ICU护士王春梅早早就递交了支援湖北的请战书，甚至连所需要的生活物资都打包装箱。然而在四川大学华西医院第三批援鄂医疗队名单确定之后，她发现自己的名字并没有出现，心情不免有些失落。

失落之余，她转念想到反正行李已经整理完毕，不如将它交给有需要的人——即将驰援武汉的同事张舒。

"自己不能到达的地方，总有人替你抵达。"王春梅心想，这也是另一种形式的支援！

夜已渐深，由于武汉疫情严峻，医院要求第二天一早驰援武汉的队员就要出发。王春梅不会开车，马上电话联系了家住隔壁小区的同事胡媞。接到电话的胡媞，没有任何推辞，叫上王春梅立即前往张舒家，她们只想赶紧把物资送到。

她们一起驱车来到张舒家小区门口，远远就看见张舒在马路边等待着，不时环顾张望。清冷的街道，昏暗的灯光，萧瑟的寒风，这个夜晚注定不平凡。

"这是我给自己准备的物资，现在，它属于你了。你到了武汉那边一定要保护好自己，该做的防护措施要做好！"王春梅说。

"我晓得，你们也不要担心我。我做事，你们尽管放心好了！你们两个就守住我的大后方！"性格一向温和、待人谦恭的张舒，此刻表现得异常果敢坚定。

"我们会经常跟你家里的小朋友联系的，你安心上前线，不要有后顾之忧！"王春梅和胡媞何尝没有看出张舒脸上的从容有几分牵强，作为平时科里关系交好的姐妹，她们心里清楚张舒是挂念孩子的，但疫情

2020年2月6日23：00，王春梅和张舒离别时的街道

在前，她们也更加清楚自己肩上的使命。于是，有一些情绪只好掩藏在各自内心深处，心照不宣。

在那一刻，张舒感受到来自同袍给予的力量。当她穿上了白色的铠甲，铠甲上的名字是"战士"。

镜头4

——儿子

康复医学科的曾鹏作为一名"90后"男护士，参加工作的时间并不长，但有着6年党龄的他有着同龄人少有的成熟与稳重。

在得知自己的儿子即将作为四川大学华西医院第三批援鄂医疗队成员出征武汉时，曾鹏的父母非常担心他的安全。但是经过沟通以后，父母还是尊重儿子的决定，支持曾鹏前往武汉。为了减少儿子的后顾之忧，曾鹏的妈妈在朋友圈写下了这样一段话："儿子，别惦记我。我保证每天8点准时吃药！督促你爸把血压控制好，保证不和你爸斗嘴！保证好好地待在家里！特殊时期，妈妈不能送你。千言万语，防护措施要做好！加油儿子！武汉，你病了，我把儿子借给你，希望你好了，还我活蹦乱跳的儿子！"

康复医学科领导为曾鹏（右三）和他的同事们送行

看着妈妈的留言，曾鹏眼眶含着泪，但也更加坚定了他要和战友们打赢这场防疫阻击战的决心。

正因为有了家人的支持，这个在母亲眼里始终还是孩子的曾鹏，宣誓时紧握的拳头也充满了更多的力量。那一刻，他不再只是一个母亲的孩子，他穿上了白色的铠甲，铠甲上的名字是"战士"。

镜头5

——新娘

2020年1月的某一天，刘迅被求婚了，经历了几次恋爱期间的磕磕碰碰，这一次刘迅非常开心地答应了男友的求婚。原本，刘迅和男友计划过年回家宣布即将结婚的喜讯，给父母一个惊喜，却不料在春节前夕，武汉暴发了新冠肺炎疫情。

"1月底开始听到武汉暴发新冠肺炎的新闻，作为四川大学华西医院的护士，对于这类新闻，我会不自觉地关注。"疫情发展愈演愈烈，看到医务人员不断倒下，感染人数激增，刘迅既伤心又强烈地感受到作为一名护士肩负的责任。

大年初一，中西医结合科接到医院紧急通知，科室所有人员都要留在成都待命。刘迅回家的小计划也就此搁浅。

大年初五，新年第一天上班，同事们都在讨论武汉疫情，刘迅觉得自己应该做点什么，哪怕献出自己小小的力量。中午，护士长在微信群里发通知，倡议大家积极面对疫情，参加武汉支援的工作。刘迅没有犹豫就报名了，她没有跟任何人商量，只是觉得应该挺身而出。当天下午护士长通知刘迅，上级同意了她的申请。

"当时内心激动得很，护士长给了我们一个大大的拥抱，不知道为什么我也哭了。其实我也不知道怎么跟家人说，还有答应他的事……"随后，刘迅发了一条微信给男友："我要去支援武汉了。"

下班回到家，刘迅的男友就一直沉默，他没有问什么，只是默默地帮刘迅收拾行李。刘迅反倒安慰着说："放心吧，我们是专业的，而且也会进行培训的！"

"他总是会支持我的想法，但是这次，不一样了，一直不说话！可能是我们的小计划要延期了，也可能是他舍不得我去支援武汉。"2月7日，刘迅出发在即，她的男友一直默默地全程陪伴。

"出发的时候，有很多人来给我们送行，医院的同事、领导和我们的家属，但在众多家属中，我却可以一眼就看到他！"刘迅说道。

后来到了武汉，刘迅看到男友为她写下的一段话："我当时心情比较失落，感觉离那个梦寐以求的'家'，又要等上一段时间，另外更多的还是自责，怪自己没早点提出来，怪自己太胆怯，怪自己心中的另一个自己理由太多，总是希望自己物质充裕了再给你幸福，再给你安稳的家。当真正说出那三个字'嫁给我'之后，感觉那些理由都不是那样，其实爱情很简单，三个字'我爱你'。不管你在武汉要待到什么时候，我都会等着你，每天隔着屏幕看看你，陪伴着你，和你一起组建我们美好的'家'。"

看到不善言辞的男友说出这样真挚、发自肺腑的话语，刘迅的眼泪再也止不住了……

原本应该听到的礼炮声，如今换为出征的号角声；原本应该听到的婚礼上喜庆的音乐，如今换为铁骨铮铮的宣誓；原本应该收到亲朋好友的祝福，如今换为一句句暖心的嘱咐。

当刘迅握拳宣誓的那一刻，她穿上了白色的铠甲，铠甲上的名字是"战士"。

｜镜头6｜

——党员

刘逸文，四川大学华西医院重症医学科NICU（神经外科重症监护病房）的护士长，中共党员，从事护理工作12年。当疫情的形势越来越严峻，救治防控工作越来越艰难，作为重症病房的护士长，刘逸文自告奋勇地站出来。

刘逸文（第一排右五）临行前与NICU科室战友合影

她说："前线人力告急，在这种情况下，我肯定要去！我什么都能做，既能搞管理，也能干临床。作为护士长，我能带领好团队；作为重症专业的护士，我也能发挥好自己的专科能力，尽自己最大的努力挽救生命亮起红灯的危重患者。我还是一个共产党员，我理当做好表率，我还有一个非常重要的任务，就是保证护理团队中所有人员不被感染，一个不少，全员凯旋。"

当握拳宣誓的那一刻，刘逸文怀着作为一名党员的满腔热血穿上了白色的铠甲，铠甲上的名字是"战士"。

镜头7

——北海道四姐妹

在2020年年初，呼吸与危重症医学科的四名护士——冯梅、宋志芳、张焱林、吴颖，早已计划好了一场浪漫的北海道旅行。然而面对春节突如其来的疫情，她们毅然决定放弃难得的休假机会，改变了自己的行程。冯梅、宋志芳、张焱林作为四川大学华西医院第一批援鄂医疗队护理队员，被分到了武汉一线疫区；而留守的吴颖也在半月之后加入了四川大学华西医院第三批援鄂医疗队。

第一批援鄂医疗队出发那天，吴颖在自己的朋友圈写道："姐妹们，等我，让我们一起奋斗在一线，一起加油，我们此战必胜，待春暖花开的时候，我们不去北海道了，我们要去武汉大学看樱花，品热干面，感受武汉人民的热情以及武汉这座城市的喧嚣！"后来她屡次向医院护理部请愿，她说科室老师们孩子都还小，孩子都需要妈妈，她还没有子女，作为共产党员，希望领导能同意她的请求，让她上前线。

2月7日，吴颖如愿紧随三姐妹的步伐，踏上了驰援武汉前线的道路。临走时，有记者采访她的心情如何，她告诉记者，她很平静，她很安心，心里没有恐惧，因为医院做了充足的后勤保障；作为一名共产党

四川大学华西医院第一批援鄂医疗队队员宋志芳（第一排左三）、张焱林（第二排左三）、冯梅（第二排左二）的临行合影

员，作为一名医务人员，作为华西人，甘做革命的一块砖，用自己的知识为国家做贡献，她觉得是应该的。

虽然"北海道四姐妹"没有在同一时间、同一地点驰援武汉，但是她们始终牵挂武汉，始终团结一心。当战"疫"号角吹响的那一刻，她们不再是"北海道四姐妹"，而是"援鄂四姐妹"。她们握拳宣誓，穿上了白色的铠甲，铠甲上的名字是"战士"。

以上种种，是援鄂临行前华西护理人的一幅幅缩影。他们放弃了自己的假期，告别了自己的家人；他们高举旗帜，集结在一起，说着必胜的誓言，抱着必胜的信心，在最好的年华做最有意义的事情，这就是华西护理人！

国家危难之时，他们勇敢逆行，只留下一道道飒爽的身影。他们就是黑夜里一束束逆行之光。

本章素材部分源自四川大学华西医院日间服务中心：黄明君、蔡雨廷；四川大学华西医院永宁院区ICU：刘燕、颜丽、王春梅；四川大学华西医院小儿ICU唐梦琳、漆贵华；四川大学华西医院呼吸与危重症医学科：王莉莉、吴颖；四川大学华西医院康复医学科：王悦、张维林；四川大学华西医院中心ICU：郭智；四川大学华西医院护理部：吕娟；四川大学华西医院中西医结合科：程桂兰、童昕、刘迅。

（本章编辑：吕娟　黄明君　郭智）

第二章
决战武汉

白衣作甲，丹心为矛

当黑夜笼罩

我们追寻点点星光

听见风在耳边呼啸

看到人群化作浪潮

我们握住手中的锹

望向前方

我们是逆行的拓荒者

势必要将这战场开辟

我们——来了！

——四川大学华西医院甲状腺外科 胡紫宜

2020年1月25日，大年初一，四川省第一批援鄂医疗队——四川大学华西医院第一批援鄂医疗队中的14名护士快速集结，驰援武汉。

2020年2月2日——"20200202"，在这个有些特殊的日子，四川大学华西医院第二批援鄂医疗队的6名护士出师远征。

2020年2月7日，继上一批援鄂医疗队出发后的第5天，集结了99名护士的四川大学华西医院第三批援鄂医疗队出发驰援武汉大学人民医院东院。

2020年2月21日，四川大学华西医院第四批援鄂医疗队中4名具有心理咨询师资质的护士增援武汉市第五医院，为患者的心理健康保驾护航。

| 直面风雨 |

四川大学华西医院第一批援鄂医疗队一行14人抵达的是武汉市红十字会医院（简称红会医院），他们的任务是接管红会医院的重症病区。这所综合性二级甲等医院位于汉口的香港路上，距离华南海鲜市场1.5公里，离汉口火车站也仅2公里。在援鄂医疗队抵达之前，红会医院每日接诊量高达1 700人，最高峰时达2 400余人。蜂拥而入的患者、有限的医护人力资源，让这里几乎崩溃。

虽然在出发前已经做好各种思想准备，但当第一批援鄂医疗队队员到达红会医院时，现场的严峻形势仍然超出了大家的想象。红会医院大楼一共16层楼，1楼至15楼是临床检查、检验、住院病房，16楼为医院会议室。四川大学华西医院援鄂医疗队最初的任务是接管红会医院的重症病房。然而新冠肺炎患者数量激增，红会医院建筑、设备陈旧，氧气

四川大学华西医院第一批援鄂医疗队支援的红会医院

供给十分有限，原有的ICU病房是一个6张床位的大通间，外加一个半封闭式的双人间和一个单间，没有负压病房，整个区域和护士站连成一片。床位少且极易造成病区内的交叉感染，根本无法满足收治患者的需要，援鄂医疗队在与红会医院共同商议下，决定放弃原有的ICU病房，将住院部氧气供应较好的7楼及9楼改造成临时ICU病房。

四川大学华西医院第二批援鄂医疗队中的6位重症医学科护士与来自另外10余家医院共计101名护理战友组成临时战队，以联合救治接管模式进驻武汉大学人民医院东院第5和第6病区。而第三批援鄂医疗队则在2月9日以整体托管的方式接管了武汉大学人民医院第23和第24病区。武汉大学人民医院东院在供氧条件和病区环境上都有了不少改善，但各病区均是由非传染病病房改造而成，院感、人力、物资等问题仍然存在。如何将普通病房改建成临时ICU、建立符合院感要求的三区两通道、协调医护人力、保障新冠肺炎患者的收治补给、各种设备耗材……

——面对这一系列问题，该怎么办？

▎开荒破土 ▎

面对困境，华西护理人迎难而上。如果说四川大学华西医院第一批援鄂医疗队是拓荒者，那么第二批和第三批就是发扬者。他们汲取前人经验，结合当时实际情况，从病区、人力、驻地等方面革故鼎新、重建制度，事无巨细逐一攻破。

落实院感是防控基础，各院院感专家和各病房院感护士组成的院感防控小组，对电梯通道以及患者和医护人员进出通路进行分割，将上下班通路明确划分为清洁区、缓冲区和污染区，各区设置间隔并安装实体门作为屏障，专人负责监督、提醒医护人员有序通过。在最容易导致医护人员暴露的脱防护服环节，设置多面落地镜，便于医护人员自查操作。同时根据传染病院感防控要求，重新制定了病房环境管理制度、探视制度、职业防护管理制度等，内容从气溶胶的防护措施到患者排泄物的消毒要求，无不涉及。

在建立合格的院感规划之后，四川大学华西医院援鄂医疗队将新冠肺炎重症患者按照病情危重程度分成绿区、黄区、红区三类，并实施"维持绿区，关注黄区，重在红区"的治疗护理原则，以降低红区患者死亡率，减少绿区和黄区患者向红区转变。绿区收治症状相对较轻的患者，给予给药、吸氧、静脉输液、基础护理、监测生命体征和血气分析等一般治疗护理。黄区收治新冠肺炎症状较轻，合并糖尿病、冠心病、高血压等基础疾病或年龄大于60岁的患者。此区域患者须注意基础疾病的控制和脏器功能的维护，必要时给予心电监护或高流量氧疗。红区则收治新冠肺炎症状较重，需要器官功能支持的患者。此区患者病情危重，须24小时严密监测生命体征和血氧饱和度的变化，必要时给予高流量吸氧、气管插管或气管切开接呼吸机支持呼吸，保持对各项数据变化的敏感性和快速反应。

因为隔离病房的特殊性，医生、护士很难面对面沟通，所以手机、对讲机就成了他们的常用交流工具。手机解决图片传输问题，让医护人员更直观地获取信息；对讲机保证实时沟通，提高工作效率。

完成环境与流程改革后，护理人员如何配置与管理，又成了摆在华西护理团队面前的一大难题。由于三个批次的护理团队人员组成复杂，分别由不同医院、不同科室、不同专业的护士组成，其中新冠肺炎相关的重点科室例如呼吸、重症、感染科人员比例占50%～60%，护士对重症专业抢救知识的掌握和专科设备（如无创呼吸机、高流量仪等）的使用能力参差不一。

在对所有护士进行摸底调查和能力考评后，结合所有护士专业优势与特点，华西护理团队设立兼职院感护士岗位，负责院感防控措施的落实；设立"阳光天使"岗位为患者提供及时的心理评估和干预；设立静疗专科护士岗位为患者静脉输液治疗的安全保驾护航……在此基础之上，还实施了护士长—专科护士—责任护士三级责任制管理制度。每个病区设立护士长1名，负责人力资源协调、危重症患者抢救、仪器设备使用培训等工作；副护士长1名，负责电子病历系统、后勤物资保障。

相较于第三批华西整体托管模式而言，第一、第二批的联合救治模

四川大学华西医院第二批援鄂医疗队对病区环境进行改造

式在人力排班上更有难度。华西护理团队为实现人力资源的合理使用，总结出三重优势组合排班方式：第一重优势组合为武汉本地医院护士和四川支援护士搭班组合的模式，保证全天每个班次都有本院护士在岗。耗材计费、物资领取、维修保障等需要熟悉医院系统及后勤流程的工作由本院护士完成；患者专科治疗、基础护理、生活护理、心理护理以及抢救工作主要由支援护士承担，双方协作完成。第二重优势组合为支援护士内部结构组合的模式，每个班次都有呼吸、感染或重症专业，且临床经验丰富的高年资护士在岗，保证应急抢救、高精仪器使用的有序进行。第三重优势组合为充分发挥华西护理的专业优势和带头精神，在治疗、护理密集的时段，以华西护士+其他医院护士组合的模式，保证病房护理质量和安全。有了三重优势组合，在新冠肺炎疫情重压之下，华西护理团队临危不乱，顺利完成患者救治任务。

在支援武汉抗疫中，对护士最大的考验莫过于新冠肺炎危重症患者的护理，临床上需要根据患者缺氧症状、血气分析检查结果等使用经鼻高流量仪、无创呼吸机进行氧疗或呼吸支持。医院仪器设备多系临时支援，品种多、规格不一、型号不一，护理管理小组根据既往危重症患者抢救经验，梳理抢救流程和病房现有急救设备使用规范流程，通过查询说明书、视频通话远程联络呼吸治疗师或工程师等方式，了解设备的规范使用过程及维护方法。确定规范使用流程及维护方法后，为避免交叉感染，管理小组通过线上方式对全体护士落实培训，并将所有培训视频、PPT、讲义发至护士群，方便护士随时强化学习。

本次新冠肺炎疫情波及面广，医疗队到达时，支援的所在医院医护人员已明确有感染者。高强度的工作、高职业暴露风险、患者焦虑情绪的传递以及危重症患者抢救无效导致的救治无力感等，都有可能导致护士情绪低落。如何保障"前方上场杀敌，后方安稳不乱"呢？四川大学华西医院援鄂护理团队这样做：设立宣传员，报道先进事迹，传播正能量；护理人员合理排班，每班4小时，轮流休假；关注护士身心状态，提供专业的心理疏导；做好护士内务，对于短缺的物资及时补给，为护士们准备"家乡的味道"，等等。保护好"白衣战士"，才是持续战斗的关键。

除了病区与人力的管理之外，驻地酒店的防控管理也是四川大学华西医院援鄂医疗队抗击新冠肺炎的工作重点之一。各批次援鄂医疗队队员均统一暂住于指定酒店，作为接触新冠肺炎病毒的高风险人群，保障驻地酒店的感控也是避免交叉感染的关键。援鄂医疗队详细规划了酒店内动线，在酒店设置出入双通道，将电梯清污区分，安装速干洗手液和按电梯专用纸巾，规范回酒店后的消毒步骤，制定队员在驻地酒店的行为规范……林林总总的注意事项，只为将交叉感染的风险降低再降低。

愈战愈勇

"14+6+99+4=123"，四川大学华西医院一共派出四批次、123名护士驰援武汉，接管两所医院的7个病区，累计收治数百位新冠肺炎危重症患者。他们用专业、用技术、用爱心撑起新冠战"疫"的一片天空。

截至2020年3月19日，四川大学华西医院第一批援鄂医疗队所在的红会医院最后一名患者转出，14名护理队员们结束了为期57天的救治。第四批援鄂医疗队护士也陆续返程。而四川大学华西医院第二批和第三批援鄂医疗队作为最后坚守在武汉一线的支援团队之一，于2020年4月7日作为四川省援鄂医疗队最后一批撤离的队伍圆满地完成了自己的使命。至此，四川大学华西医院全体援鄂护士顺利回家，实现了医护人员零感染。

他们遇挫则刚、遇患则柔，他们愈战愈勇，他们的故事值得被铭记。

第二节
华西战士

有一群战士

他们身着白衣

防护服遮住了他们的美丽面容

却掩盖不了他们背后的星芒

他们的口罩变成战甲

注射针化作武器

他们不是生而英勇

只因这白衣赋予的使命

他们的唯一信念——

生命！生命！

——四川大学华西医院甲状腺外科 胡紫宜

四川大学华西医院援鄂医疗队接管病区的新冠肺炎危重症患者比例超过80%，这部分新冠肺炎患者大多合并有各种慢性疾病，护理工作尤为艰巨。原本一线临床护理工作就繁重而琐碎，在抗击新冠肺炎的隔离病房里，护士不仅是"治疗者"，还需要充当"转运工人""患者家属""护工阿姨"的角色，从打针、输液、给药，到高风险的吸痰、抽血、取咽拭子，再到领取物资、发饭喂饭、翻身拍背、心理抚慰——在没有特效药的新冠肺炎疫情下，护士不只是救治技术的实施者，更是抚慰患者心灵的一剂良药。一位位华西战士的身影，穿梭在武汉抗疫一线。

你听，他们的故事……

院感护士：感控，感动，感谢

杨旭琳是四川大学华西医院第三批援鄂医疗队里的一名护士，抵达武汉的第二天，她和同为传染科护士的陈艳一起向全队其余128名医务人员示范了穿脱防护服的标准流程，为初入隔离病房的战友做好战前准备。接管病区之后，杨旭琳便当仁不让地成为所在病区的院感护士，除了完成本职工作之外，病房内的清理工作一并压在了她的肩上。

院感护士的工作繁杂辛苦，丝毫也不能马虎。巡查病房环境，消毒防护用具，打扫病房卫生，协助进入隔离病区的医护人员穿脱防护服成了她每天的工作。因为身处院感护士这一重要岗位，正常的班次是4小时一轮，而下班后杨旭琳每天都会坚持多工作一会儿。每天和含氯消毒液打交道的杨旭琳，眼睛常常被熏得睁不开，双手也被泡得起皱。因为保洁人手短缺，院感护士不得不承担起病区内消毒卫生的工作。有一天杨旭琳一个人打扫了病区16个房间和走廊的卫生。做完这些工作，穿在

杨旭琳在打扫病区卫生

防护服下的洗手衣已经完全被汗水打湿，腰也直不起来，但她没有停歇，因为还有其他的工作等待着她。

结束病房工作返回驻地酒店后，院感护士杨旭琳的担子也没有卸下。杨旭琳每天会把在院感工作中遇到的问题与传染科的"娘家人"讨论，她把他们比作自己的"智囊团"，比如不同器具消毒液的浓度配比、不同废弃垃圾的消毒方式等问题，因为有了大家的倾囊相助，才让院感工作更加完善，让病区的战友们更加安全。

杨旭琳说，虽然在武汉隔离病房的日子很辛苦，但是一点都不感觉到累。因为在这场新冠肺炎战"疫"里，她感受得到自己的作用，也为自己在关键时刻不掉链子，能尽心尽力完成好自己的工作而感到自豪。

静疗护士：无论何时，PICC①置管请交给我

彭小华是一名PICC静疗护士，也是四川大学华西医院PICC穿刺中心专科护士基地教师，她所在的第三批援鄂医疗队的刘逸文护士长称她为病区的"骨干"，而这一切都源于她过硬的专业水平。

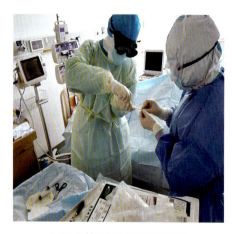

PICC置管前彭小华做准备工作

---

① PICC：经外周静脉穿刺的中心静脉导管。

彭小华为患者进行PICC置管

彭小华身为PICC专科护士，在完成自己忙碌的工作之余，还需要承担病房里高难度的静脉穿刺任务。2020年3月8日，一个特殊的"女神节"，彭小华再一次接到了护士长的电话，病房里又有一位危重症患者要安置PICC，急需她的帮助。彭小华毫不犹豫地答应了，虽然这时已经临近她的下班时间。

下午1点左右，彭小华再次穿上"铠甲"，从最里面的洗手服，再到防护服、隔离衣，最后还要穿一层无菌的手术衣，整整四层防护服让彭小华有点透不过气。

等到一切准备就绪，彭小华进入了病房。彭小华按照往日的习惯在操作前给患者详细地解释了操作的目的和步骤，患者说："没事，我相信你们，你告诉我应该做什么，我配合就是了。"患者无条件的配合和信任让彭小华信心百倍，她心想这次置管一定要一次成功。她打开置管包，铺开无菌巾，虽然密闭的防护服和3层手套让她操作的手感变得迟钝，但她凭借着往日工作中积累的经验，仔细谨慎地用彩超定位血管，注意置管过程中的每个步骤和细节。

"一针搞定！"置完管后彭小华长长呼了一口气，这时才发现自己的后背已经被汗水浸湿。当听到患者的感谢时，她开心地笑了。

等到收拾整理完毕，已经是下午，本来应该搭乘中午12点的班车回酒店的彭小华，只能等着坐下午4点20分的班车。累吗？真的还是很累！可是想着患者的信任和感谢的话语，她又觉得一切都是值得的！彭小华用行动告诉我们，在任何需要她的时候，她都会勇敢地站出来说："请交给我！"因为她是华西护士！

ICU专科护士：俯仰之间，我们在行动

在新冠肺炎危重症患者的诊治中，俯卧位通气（PPV）被写入《新型冠状病毒感染的肺炎诊疗方案（试行第五版）》中，作为挽救治疗方法指导临床工作。

俯卧位通气这个在普通科室看来还比较陌生的名词，却是ICU专科护士刘瑶每天的例行工作之一。

新冠肺炎患者易出现ARDS（急性呼吸窘迫综合征），部分ARDS重症患者呼吸状况很差，在实施机械通气时，需要把患者置于俯卧式体位，通过改善膈肌运动，使肺内气体重新分布，从而改善背侧肺通气，减轻心脏对肺的压迫，增加功能残气量；改善通气/血流比值，减少分流；改善氧合，并促进分泌物引流，提高清理呼吸道的疗效。

"俯卧位通气听起来很简单，就是给患者翻个身，但实际并不是这样的。"刘瑶说道，"危重症患者在实施俯卧位通气的过程中是存在很大风险的，一般来说患者都没有办法配合我们，危重症患者因病情原因，往往身上会有很多的通路和管道，翻身过程中我们要保证这些管路的在位通畅，待患者体位摆好，我们要密切监测生命体征，用软枕为患者增加舒适度，防止压力性损伤的发生。而穿着密不透风的防护服也给这个操作增加了很多难度。"

在为患者变换体位之前，刘瑶需要提前1个小时停止患者鼻饲，回抽患者胃液，把患者口鼻腔分泌物清理干净。俯卧位通气最关键的一步便是用宽扁棉布带对人工气道妥善固定，因为新冠肺炎患者的特殊性，人工气道一旦脱落，将无法及时进行气管插管，患者死亡风险极高。而且可能会造成呼吸机内湿化水喷溅导致职业暴露，严重的话会导致医务

人员感染，所以不允许有一丝马虎。

新冠肺炎危重症患者实施俯卧位通气，完成一次操作需要多少个人？答案是至少6个人。其实原本普通患者翻身只需要4人即可，但由于隔离病房里医护人员都穿戴着防护用品，过度用力可能会导致防护服破裂，每个人的动作幅度受到了很大的限制，因此至少需要六七个护士同时搭手才能顺利地完成一次翻身操作。1人负责保护头部，1人负责管路连接，其余人员站于患者两侧。先将患者翻至侧卧位，避免监护中断，需将新的心电导联置于患者背部相应位置，连接监护仪，再去除患者胸前的心电导联……每次完成操作，刘瑶已是大汗淋漓。

但这并未结束，由于患者每日俯卧位持续时间应不低于12小时，所以优化患者体位，避免压力性损伤，增加其舒适度也是护理的重点。刘瑶会轻轻地把患者的头偏向一侧，使其两臂呈自由泳状置头部两侧，然后用软枕垫在患者的肩膀和骨盆下，以预防腹内压增高，影响静脉回流。与此同时，刘瑶还需要严密观察患者病情、呼吸机的参数、指标等变化，每两小时更换四肢体位……

在这场战"疫"中，ICU护士以一己之力，扛起了与新冠肺炎抗争的一面大旗。刘瑶说："当我们被需要时，就说明了ICU护士存在的意义。"

心理咨询师：做驱散"疫"霾的阳光

杨秀芳是四川大学华西医院第三批援鄂医疗队队员，而她还拥有一个更重要的身份——心理治疗师/心理咨询师。在迅速组建这批队伍时，包括杨秀芳在内的三位具备心理咨询师资质的护士主动请缨，因为她们知道这场战"疫"需要她们。

你可能从电视上看到过武昌医院院长去世前留下的两行遗言和他的妻子在告别他时撕心裂肺的哭喊；你可能看见过亲人离世却不能见最后一面的遗憾背影，还有医护人员在无力拯救患者生命时失落的眼神……你也许会为这些悲伤的故事流下眼泪，但终会平复情绪，继续自己的生活。如果这些故事真实地发生在你身边，你会怎么办？也许阴霾会一直笼罩，让你看不见希望的阳光。

杨秀芳在支援武汉的日子里，见过太多悲欢离合。她很感谢护士长对她的支持，让她投入到更多心理干预的工作中，而她也深知自己的责任——尽可能地多缓解一个人的心理压力，尽可能地多使一个人正视这场疫情。

有人说："这世上没有真正的感同身受。"杨秀芳说："是的，但心理咨询师能做的就是努力去感同身受，站在患者床旁，给予他们力量，陪着他们一起面对疾病，让彼此产生心灵上的联结，让他们能重拾信心，正视疾病和不良情绪。"

在杨秀芳支援武汉的日子里，在她的心理疏导下，一位原本不愿吃饭的老人，慢慢愿意进食，迈出了成功治疗的第一步；一位住院患者因为家人离世，出现消极思想，她及时为其进行心理干预，帮助患者重新燃起生活的希望；一位气管插管患者病情趋于稳定后，深感拖累家人，出现明显厌世情绪，在杨秀芳及同事进行心理干预后，患者重拾信心继续配合治疗……

在众多患者中，给杨秀芳留下最深刻印象的是一位叫作Angela的患者。她和杨秀芳一样同为"80后"，也是一位6岁孩子的妈妈。Angela在照料亲人的过程中不幸感染了新冠肺炎，是当时病房里病情较重的患者之一。持续ECMO（体外膜肺氧合）治疗和气管插管机械通气让她没办法用语言沟通，但是从Angela的眼神和手势里，杨秀芳和她有了很多的沟通和交流。经过10余天的救治，Angela拔除了气管插管，成功改为无创呼吸机辅助呼吸。Angela第一次尝试着取下无创呼吸机面罩时，她告诉杨秀芳她想早点好起来，想见到自己的家人，想看到自己的女儿。但当杨秀芳试图让她和家人通电话的时候，她却拒绝了、沉默了。杨秀芳没有坚持，轻轻拍了拍Angela的手背，轻声说："没事，我明白。"作为一名心理咨询师，杨秀芳明白Angela内心一定有很多感触，也有很多的担心和害怕，在生死边缘走过的人，心里还没有做好怎样面对家人的准备，还没有勇气去接受家人的问候，哪怕仅仅只是声音……而杨秀芳能够做的就是理解、包容、支持。

杨秀芳的服务对象并不限于隔离病房里的患者，还有默默战斗着的白衣战士们。如何避免医务工作者过多地卷入替代性创伤，守护战友们的心理健康是她作为心理咨询师的又一要责。这场疫情让来自全国各地的医务工作者无怨无悔，在用大爱和坚强点燃全国人民希望的同时，自身也背负着常人难以想象的巨大身心压力。杨秀芳会在战友们因为救治效果不明显而沮丧时，轻声说一句"你已经做得很好了"；她主动变身为战友的"树洞"，倾听他们内心的困扰，给予疏导和帮助；她会为战友提供各种减压小妙招，排解大家内心的负能量。

杨秀芳说，心理的战"疫"可能比病房里的故事持续得更久，心理咨询师肩负着重要的责任，任重道远，唯有逆风前行。

ECMO护士：与死神赛跑的日子

"用心向死神要生命"是业内概括ECMO常用的一句话。

2020年2月26日，为响应中央疫情防控指导组要求，四川大学华西医院紧急调用3台ECMO设备，于当日下午运抵四川大学华西医院第三批援鄂医疗队武汉驻地备用。3月2日下午，一位患者病情危重，经医疗组讨论后决定使用ECMO支持，ECMO护理小组立即携ECMO机器前往医院上机。

郑可欣，一个瘦小的哈尔滨姑娘，在接到指令后，她立刻从酒店出发，推着仪器来到医院，和组员们一起迅速完成设备组装。当晚，ECMO成功上机，运行顺利。3月3日晚，又一位患者紧急上机，又是同样的快速战斗节奏，郑可欣和她的队友们在24小时内保障了两台ECMO同时运行。

第三批援鄂医疗队里只有郑可欣、李阳、王静、杨广强4名护士掌握ECMO的护理及相关操作，在这24小时里，他们承担了两个危重症患者ECMO的预冲、上机、维护、外出检查、记录、汇报、处理等全部工作。原本4小时一轮的班次，变成了6小时一轮，一周7天待命。当ECMO患者需要转运时，他们还要进行各种预案评估、演练。这对他们的反应、判断、身体抗压能力都提出非常高的要求。

郑可欣在2015年加入四川大学华西医院ECMO小组，起初只是对"高精尖"技术的好奇，后来随着对ECMO越来越了解，才慢慢知道这项技术的不容易：呼吸系统、循环系统、消化系统等各个系统和各项指标的监测都要掌握并熟练运用，还要掌握一些突发事件的应急处理，并且做好对患者病情的把控，随时与医生有效沟通，要胆大心细、观察入微，才能将一切即将发生在患者身上的坏苗头扼杀在萌芽中。

她回忆起以前刚接触ECMO的日子时，说道："曾经跟着ECMO小组组长一起出征德阳，亲眼见证了一位21岁ARDS患者从血氧饱和度30%慢慢上升至100%的过程，看着他慢慢脱离ECMO、脱离呼吸机、转出ICU，到后面的结婚生子，让我感受到了ECMO的强大，也让我决心要掌握好这项技术，挽救更多人的生命。"

和郑可欣一样，四川大学华西医院重症医学科ECMO小组每位护士都秉持着这份初心，不畏险阻，竭尽全力，与死神赛跑。

早期康复别动队：给患者站起来的力量

每天起床时，你从床上坐起来直至双脚踩到地面，需要多久？5秒？10秒？赖个床可能要花十多分钟，不上班可能再躺半个小时。而有人，为这一次站立花了整整29天。

武汉大学人民医院东院24病区的张婆婆因病情危重于2月16日施行了气管插管。在历经呼吸机支持呼吸、俯卧位通气等一系列医疗救治辅以精心护理后，张婆婆于3月6日顺利拔除气管插管，停用呼吸机。但由于长时间的卧床以及机械通气导致的膈肌功能障碍，张

呼吸专科护士吴颖指导张婆婆儿子参与老人下肢被动锻炼

婆婆的四肢肌力及咳嗽、咳痰能力出现了不同程度的下降，她的自理能力严重受限，情绪日渐低落消沉。

基于在四川大学华西医院呼吸与危重症监护病房累积的丰富临床实践经验和早期预判，病房护士长唐荔于援鄂初期即牵头组织成立了病房"早期康复别动队"。别动队由医、护、技三方

ICU专科护士唐荔指导患者进行上肢肌群静态拉伸训练

联合组建，其中作为康复方案的联合制定者和一线实施者、评估者，护理组成员均通过精心挑选，然后由重症、呼吸、康复、急诊、心理卫生等多名专科护士构成专业背景强大、优势互补的团队。小组成员通过临床资料收集、线上会议，集思广益地为患者制定了一套连续的个性化康复方案，包括呼吸训练、咳嗽训练、肢体运动训练、坐位锻炼、放松技巧等。随着病情日趋向好，康复训练从早期辅助手段慢慢成为张婆婆的每日"必修课"，而为其量身定做的康复方案实施记录，又以科学管理手段保障了康复的安全性、连续性和可溯性。

急诊专科护士王维指导张婆婆利用自制哑铃进行上肢抗阻锻炼

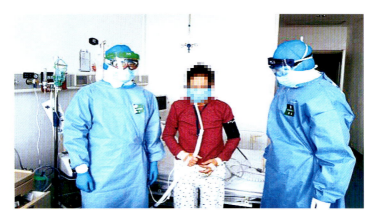

张婆婆在康复专科护士黄能（右一）和ICU专科护士韩黎文（左一）的帮助下终于站了起来

经过康复团队的不懈努力，张婆婆的康复效果日益明显，下肢肌力由2级转为4级，由最初的他人喂食、无法坐起到后来能自主进食、洗脸、自行维持坐位，到最后能独立站立，肢体功能实现了质的进步。感受到自身体能的惊人好转，张婆婆也从原来拒绝康复训练转变到主动要求和坚持康复训练。在病床上躺了29天的张婆婆在医护人员的保护和鼓励下，用自己的力量站起来了，她挺直腰，抬起头，近一个月的奢望终于在一群专业医护人员的帮助下实现，久违的笑容绽放在张婆婆的脸上。与此同时，借助亲情的力量，康复小组邀请与张婆婆在同一病区住院的儿子加入到了协助妈妈康复的团队中，儿子的参与进一步鼓励着张婆婆战胜病魔的信心，康复效果事半功倍，也为她出院后居家康复提供了提前学习的机会，延续护理在重症病房得到了有效实践。

对新冠肺炎重症患者进行科学的早期康复训练，对于改善预后、缩短病程、预防并发症、重建生活的信心有着重要意义。随着越来越多重症患者的病情好转，早期康复在患者治疗后期身体机能恢复中的重要性也越来越突显，而多学科融合的专业护理团队无疑是协助患者进行康复训练的主力军，专科护士的专业价值得到了充分体现。

科学施治、专业照护，四川大学华西医院的专科护士们用知识和技能为新冠肺炎重症患者注入了更多站起来的力量。

面对华西医疗队的专科护士，"我"太难了！

"我"叫新型冠状病毒，通过不断地进化和修炼，终于成功出山！

但当我打开电视机准备看看我的最新"战绩"时，我听说一个叫四川大学华西医院的医疗队准备攻打我占领的武汉大学人民医院东院的两个病区？

呵呵！区区130号人就想来收拾我！真是不知道我的强大！我马上发布了最新命令准备折磨折磨这一群人！

俗话说："兵马未到，粮草先行！"首先，我就要斩断他们的粮……

病毒新兵："报告！"

病毒指挥官："什么事？"

病毒新兵："四川大学华西医院的医疗队已经到武汉驻地了！而且物资跟他们的医疗队同时到达！"

病毒指挥官："你说什么嘛？就一下午的工夫！这么快？没事！给我两天时间部署作战方案！"

24小时过去……

病毒新兵："报告！四川大学华西医院医疗队指挥官已经进入我们23、24阵地侦察了！"

病毒指挥官："什么？！我作战计划都还没有……不管了！他们不是传染科专科护士！肯定不会穿脱防护服！我们先从感染他们指挥官下手！他们死定了！兄弟们冲啊！"

话音刚落，病毒新兵："报告！我们前线人员的炮火被防护服挡下来了！他们有传染科的护士专门在阵地门口指导穿脱防护服！每个人都穿得密不透风啊！有护目镜、口罩，还有防护服！全程都滴水不漏，我们根本没有机会感染他们！"

病毒指挥官："没事！保护指挥官他们肯定很认真，等他们一线部队过来，肯定不会那么认真！而且他们为了休息，绝对会偷懒，你们等着看吧！"

战斗·第二天……

病毒指挥官："看来这群人还真是有点水平，居然有传染专科护士专门负责防护和院感护士防控驻地与病区交叉感染，看来攻击他们已经不可能了！来人！给那个重症患者安排上心源性休克！重度低血压导致他外周血管极其难找，中心静脉置管需要时间，当他们无法通过静脉通路输入药物时，我们就又成功了一次！"

病毒新兵："报告！我们的外周血管穿刺阻止计划失败了！他们有静疗专科护士！这支部队作战素质太过硬了！即使戴双层外科手套，护目镜起雾，他们仍屏住呼吸在热气尚未呼出的情况下迅速进针，成功穿刺！就算他们摸不到血管，他们也会借助超声引导进行穿刺！我们的作战计划在他们面前又失败了！"

病毒指挥官："都是一群饭桶！我看了看他们的队伍配置，由各个科室组成！所以马上给我实施呼吸衰竭战术！他们绝对有人不会使用呼吸机！或者根本就不熟练！"

病毒新兵："报告！作战计划再次失败！我们完全忽略了呼吸专科护士和呼吸治疗师战斗力！他们每个人都精通机械通气！不管是高流量吸氧，还是无创、有创通气，他们都能娴熟操控！甚至听说他们还有专业的ECMO团队！就算我们在这方面怎么做文章，他们都能第一时间和他们的医生做出联动！呼吸衰竭战术越来越行不通了！"

病毒指挥官（敲桌）："那就给我安排并发症！那些老年患者有尿毒症、糖尿病，而且住院时间一长肯定还会发生压疮！都给我安排！！！"

病毒新兵："报……告……他们出动了……伤口护士还有血液净化护士……负责住院患者的压疮管理！勤翻身、勤换体位，就算在他们来之前患者出现了压疮，也能在伤口护士的精心护理下转归！我们刚刚联系的尿毒症小组，一看到血液净化护士把血液透析机推进阵地备用，就吓得落荒而逃！更可恶的还有那个康复专科护士！本来患者用错误的方式运动消耗体力，却在他们的帮助下学会了正确的康复方法，进行了科学的复健！已经有人出院了！指挥官大人！我们还是投降吧！再这样下去我们会被消灭的！"

病毒指挥官："失眠症！焦虑症！还有恐慌情绪呢？这些部队也给我调过来啊！不仅可以攻击患者，还可以攻击他们的部队！精神上的战败可比生理打击有效多了！"

无线电报告："发现敌军心理咨询部队正活跃在两个病区的各个战场！部队由具备心理咨询师资质的护士组成！他们分为多个组，每日对患者进行随访和心理疏导，导致很多患者重新树立信心，免疫力大大增强。他们开始结合身体免疫系统向我们部队发起攻击！此外，他们还会对己方部队进行心理评估！早期干预，使得他们的一线部队士气如虹！！啊……这是？免疫系统！！快撤退！撤退！！"

（通信中断……）

病毒指挥官（摔电话）："废物！都是一群废物！看我来亲自指挥战斗！"

"喂！病毒中尉！听说你们那里有一个极其危重的患者是吗？赶快给我摧毁他的身体！最好让他转到我这里来，挫一挫这个华西医疗队的锐气！"

朱道珺手绘的《当新冠病毒遇上华西专科护士》节选

病毒中尉："好的，指挥官！"

"重度呼吸衰竭、血氧饱和度在插管情况下依旧只有50%、休克状态、微循环障碍、重度肺部感染，我看看这一次你们有什么办法阻止我的部队！"指挥官看着电视得意地说道。

"报告！这次他们出动了特别部队！急诊与重症护理专科护士！我们转过去的重症患者，医生的每一个医嘱都被快速而准确地执行，而且他们精通各种重症监护设备，不管是呼吸机还是配合医生进行检查，所有的体位、药物浓度计算、抢救药品、给药顺序与方式，都能在一瞬间得以实施！战斗已经打了2个小时了，患者的生命体征已经平稳。我们在此后多次发起进攻，监护仪的数据稍微有异常，他们总能第一时间发现我们的行动，然后报告给他们的指挥部！对我们进行精准打击！现在他们已经开始俯卧位通气，我们阻塞呼吸道、肺塌陷的作战计划都失败了！"

"可恶！！"病毒指挥官气晕了过去。

2020年2月17日

病毒指挥官："前线情况如何？"

无线电："报告，目前已经出院了61位患者，重症患者转轻症率为50%。截至目前，患者情况持续好转，现在对方部队已经离您的指挥部不远了，而且……他们这130人的部队至今没有减员，也逐渐适应了防护服与护目镜的限制……"

病毒指挥官站了起来，颓然叹息道："面对四川大学华西医院医疗队的医生与专科护士，我真的太难了！"

> ——四川大学华西医院第三批援鄂医疗队护士王宇皓和刘逸文用诙谐、幽默的语言讲述了华西专科护士们在一线与新冠病毒斗智斗勇的过程。而四川大学华西医院手术室护士朱道珺妙笔生花，用她的画笔将文字变成生动的画面，可爱又专业的华西专科护士形象跃然纸上。

第三节
战地日记

在这个没有硝烟的战场

时间是良药

时间也是武器

有的记忆在回首中静默

有的伤疤在时光中痊愈

我们既是旁观者

又是景中人

将故事写成文字

只是为了一段不能忘却的纪念

——四川大学华西医院甲状腺外科 胡紫宜

2020年1月25日 正月初一 星期六 雨

四川大学华西医院第一批援鄂医疗队 中心ICU 蔡琳

1月25日0点46分，我接到消息，当日即要赶赴武汉支援，相信对于奔赴武汉的战友们来说，这个除夕都是一个不眠之夜。我是淡定的，因为对我来说就是换个地方工作而已。我以平常心对待支援这件事，甚至连父亲都未告知。1月25日上午9点，要开培训会，早上8点15分便来到了我第二个家——华西医院第一住院大楼11楼A区中心ICU，临行前准备点物资。人总是在临别的时候才会觉得伤感，看着为我匆忙准备物资的同事，听到一句句关切的话语，接到一个个大大的拥抱，不知什么时候手里多了个护身符……虽然觉得自己下一秒可能会感动落泪，但我努力忍住了，潇洒地挥了挥手，我——"胡汉三"还会再回来的。

出行物资太多，田老大（科护士长）和工人带着一车物资一同送我来到了行政楼门口，看着那么多物品，感觉就像老父亲送别即将离乡的女儿，生怕漏掉了东西。我们上了车，赶往机场，坐上了飞往武汉的飞机。飞机飞行过程中，遇到了持续不稳定气流，我甚至还计了时，长达10分钟。"我们的支援工作会不会也像颠簸的飞机一样困难重重呢？"我不禁有了这个想法，心里有点忐忑起来。

将近晚上7点，抵达武汉，接下来就是吃饭、安顿住宿、开会、修整。看似流水似的过程，离不开团队协作，离不开领队罗凤鸣书记、冯梅护士长的调度，我们是一支有纪律的队伍，每到一个目的地都会站队、报数，一个都不能少。

紧张、忐忑、激动的心情，让我在异乡武汉的第一晚失眠了，也不知过了多久才在这沉沉的夜色中睡去。

2020年1月25日武汉的夜晚

2020年1月27日 正月初三 星期一 晴

四川大学华西医院第一批援鄂医疗队 中心ICU 蔡琳

今天，咱们战队的第一小组一行5人正式进入红会医院发热8病房支援。病房里的每位医务人员都全副武装，无法辨认身份，只能靠防护服上面用记号笔写的医院和名字来辨认。队员们戴着双层口罩，呼吸不畅，加上戴了护目镜和防护面屏，护目镜因为内面起雾，影响视野和清晰度，稀松平常的诊疗操作在这里变得不那么容易，但有句话怎么说来着？"困难就是拿来克服的"。

没有怨言，没有退缩，只有互帮互助。我努力地适应、跟进工作流程，怕漏掉任何一个细节，通过一上午的熟悉和适应，工作流程基本知晓。晚上还会有例行开会、讨论、总结……这就是我们的生活，我们的使命。

之前听红会医院院长在介绍医院概况的时候说："你们来支

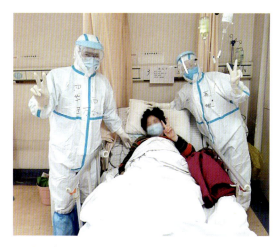

蔡琳（右一）与尹万红（左一）医生、患者的合影

援的地方比想象中艰苦。"这样的话让我想起了12年前的"5·12"汶川地震，一次地震造成了家破人亡，妻离子散；一次地震也带来了四面八方的温暖和深厚的友谊。只不过当时我们是被帮助的那一方，而今天我们成为施助者，也做着同样的事。

| 2020年1月29日 正月初五 星期三 晴 |

四川大学华西医院第一批援鄂医疗队 呼吸与危重症医学科 冯梅

今天是大年初五，传说中的迎财神，也是我们接管红会医院患者的第三天。从前两天的陌生与不习惯中，我们逐渐摸索出了一些经验，一切也都一步步走上了正轨。我很欣慰。

今天有一个好消息，一位特殊患者——怀孕7个月的准妈妈经过连续两次（间隔1天以上）新型冠状病毒核酸检测均呈阴性，符合临床治愈标准，顺利出院了！她也是自我们接管病区以来第一位治愈出院的新冠肺炎患者，这无疑给我们医护人员、给同病房的患者巨大的动力与信心！从接管病区开始，这位准妈妈一直都让我十分揪心。在送她出院前，我为她整理衣衫，细细叮嘱她出院后的注意事项，要做好居家观察和随访。她也很开心，脸上露出轻松的笑容。她望着我们，道了一声感谢。我很感动。

今天这个好消息让我浑身都充满了力量，就算未来有再大的困难，也没关系。没错！我们华西来了，就一定会把这场仗打得漂亮！

| 2020年2月2日 正月初九 星期日 多云转晴 |

四川大学华西医院第二批援鄂医疗队 中心ICU 刘瑶

无论是作为一名华西护士还是一名共产党员，面对此次疫情我责无旁贷。

作为四川大学华西医院第二批参与支援湖北的队员，因为提前接到了医院的通知，医院也给我们进行了相关的防护培训，心里反而并不觉得害怕。只是因为知道要去支援武汉了，更加关注疫情动态，看着确诊人数不断攀升，心里着急，想快一点去尽自己的绵薄之力。家里人还是很支持，但是我知道他们很担心我，我是女儿、是妻子、是母亲，我没有隐瞒我的家人，因为我知道他们能理解我，也能尊重我的选择。所以我出发前几天家里饮食都挺好的，我知道他们是想用他们的方式来增强我的"免疫力"。

出发前我去了一趟科室，杜爱平护士长、聂孟珍老师和杨静老师正在为我和徐禹老师打包东西。大家知道前线物资紧缺，希望打包的东西能对前线救治工作有所帮助。科室同事在更衣室陪我收拾行李，一边问我还缺啥不，一边开着不痛不痒的玩笑，谁都不去提及看不见的危险。离开的时候，她们只说同样一句话："注意安全、平安归来。"

我们第二批一共10人，除了徐禹老师，其他人我都不认识，我们的领队刘丹老师很快建立了一个微信群，让我们相互熟悉，说以后大家就是战友啦！微信群瞬间拉近了彼此的距离。

记得出发前院领导反复叮嘱，说既要完成救治任务，也要注意自身防护，我心中只觉得慷慨激昂；说到华西会满足我们的一切生活保障，让我们不要有后顾之忧，我感到身为华西人的自豪；说到务必要一个不少地回来时，我又觉得很是悲壮……

今天老公特意跟他领导请了半个小时假来簧门送我，和我合照一张，送我上去机场的巴士车时，说了句："一定要注意防护，平安回来！"说完他便告诉我，他要回去上班了。我明白，他不想让我看见他离别时的不舍，而是悄悄躲在一旁目送我离开。

其实我不知道我前面的路会是怎样，我也不知道在武汉救援的过程中会遇到什么人，会遇到什么事，但是我知道的是能去武汉支援是医院和领导对我工作能力的肯定和认可，我对自己有信心，无论遇到什么样的困难，我都会迎难而上。我坚信，我不会给医院丢脸，我是家人的骄傲，也是女儿的榜样！

2020年2月7日 正月十四 星期五 多云

四川大学华西医院第二批援鄂医疗队 中心ICU 刘瑶

今天晚上接到通知马上接管病房，我和徐禹老师连夜去病房实地探查，为第二天的顺利接管做准备。到了病区，一名武汉大学人民医院东院的护士匆忙地走了进来，开始穿戴防护服，我看她不过20岁出头的样子，青涩稚气的脸庞，一定是刚毕业参加工作的。我走过去帮助她整理衣服，她回头看了看我，轻声道了一句："谢谢！"

我忽地感到一阵心疼，我问她上几点的班，她低声说要上到明天去了。我虽然知道武汉前线医务人员很辛苦，可这个答案也让我吃了一惊。我不禁说了句："那么长时间，一定很辛苦吧！"她没有看我，低头说了句："没有办法，很多人都被隔离了。"

我分明看见她眼中的泪，于是我说："我们来了，我们明天就会接管你们病房了，你再坚持一下。"年轻的小护士抬头看着我，很郑重地说了一句："你们来了就好了！"我听完这句话内心备受震撼，虽然知道抗疫工作会很辛苦，也会面临职业暴露的风险。可是这一刻，面对这个正值花样年华的护士，我心里感觉非常复杂，有敬佩、有心疼、有怜惜、有心酸……我与她虽然只有一面之缘，也不知道她的姓名，但她那句"你们来了就好了"却深深地印在我心上。因为我们都有一个共同的名字——护士！

2020年2月7日 正月十四 星期五 多云

四川大学华西医院第三批援鄂医疗队 小儿外科 黄文姣

整装出发，武汉我来了！

说实话，前一天晚上我实实在在地失眠了。紧张，真的紧张，也害怕。迷迷糊糊睡了几个小时，梦里啥都有。

从成都到武汉，这是我第一次走了机场VIP通道，第一次坐了专机。

17点，飞机落地。3U8101机上的空乘人员在落地后，从广播里对我们说："等你们平安归来，我们会来接你们回家！"

座位旁的战友很小声地说："终于还是落地了！"是的，大家都是一样的心情，紧张却勇敢。

为了方便穿脱防护服，我们"削发立志"，我也"剪短我的发，剪

黄文姣剪发前与剪发后

短了牵挂……"不是剪短牵挂，而是为了减少污染的概率。ICU的老师们拿出了平常给患者做基础护理时剪头发的看家本领，给我剪了一个炫酷的发型。一切都已经准备就绪，就等真正进入战场的那一刻！

2020年2月12日 正月十九 星期三 多云

四川大学华西医院第三批援鄂医疗队 中心ICU 李阳

今天一大早起来，喝了两口牛奶，吃了三粒维生素C片和一粒老婆交代每日必吃的"善存"，就匆忙地下楼和伙伴们坐车去医院了。今天战友们穿防护服的速度明显有所提升，大家相互帮忙速战速决。进病房的第一件事是为患者发早餐，然后与夜班护理组交接班。

有个朋友说我们就像是"吃百家饭的孩子"，因为各地捐赠的医疗物资品牌、样式不一，今天用的医疗物资可能和昨天的就完全不同，所以我们每天都需要学习不同型号医疗物资的使用，遇到医疗物资使用与临床实际不适配的时候还得群策群力做"改装"。

我们护理小组一共5人，建了个微信群，取名"生死之交"。为了保证更高的效率和质量，我们制订了作战计划，我和谢泽荣老师负责风险更高的鼻咽拭子采集，剩下3人负责其余治疗。因为疫情的特殊性，治疗室是彻底封闭于污染区之外的，这中间仅留有一个传送通道。在通道的两端，治疗室端和污染区端各设置了可单独开关的门，某种程度上说，通道是污染区和半污染区的纽带，污染区内部分物资、耗材的补充都需要通过它传递。但为了避免污染治疗室，污染区的门只能接收物品，不能往外传递物品。每天有专门负责配液的护士老师把配好的液体放在传送门里，然后敲门提醒病房里的同事，病房里的护士打开传送门之前，也会先敲一敲门，提醒同事，确认治疗室端的门已关好，方可打开污染区这端的门，避免两边同时打开，形成空气对流，造成治疗室污染。

从接班到下班，我们几个人压根儿就没坐下来过，一个又一个的难题需要挨个儿去解决。要说最常见的问题，应该是动静脉穿刺。戴上两层手套进行穿刺的手感真的超级差，但我毕竟是ICU出身的"江湖传说李一针"，过硬的技术没有给病人带来更多痛苦。等到最后一个老师从病房里面出来已经是下午1点了，等他洗完澡我们便赶忙冲下楼去赶返

正在交班中的李阳（左一）

回驻地酒店路上，护士们疲惫的面庞

回酒店的班车。此时的所有人都是又困又饿，出发时的欢声笑语变成了返程时的疲惫沉默，在颠簸的车上就睡着了。

回到酒店已经是下午3点，距离我上一顿进食已经过去了整整7个小时。来武汉之前我还心想着可以借机减个肥，然而今天我还是不争气地拿了两盒盒饭。回到房间又是一顿"洗刷刷"后，我狼吞虎咽地吃完两盒盒饭倒头就睡，迷蒙之间心里想着，吃完就睡，这个肥怕是减不了了⋯⋯

▎ 2020年2月15日 正月廿二 星期六 小雪 ▎

四川大学华西医院第三批援鄂医疗队 日间服务中心 张素清

今天武汉下雪了，作为一个南方孩子，看到雪本应该是激动的，可听说病毒在寒冷的环境中更活跃，心情怎么也"美丽"不起来。好在冰雪之后便是晴天，暖洋洋的太阳，就像是在告诉我们，不要怕，疫情终会过去，等待着我们的将是那人流如织的画面，那车水马龙的街道。我坚信这一天很快就会到来，武汉加油，全国各地都把全身最硬的龙鳞给了你，相信你很快就会好起来的，待到春暖花开时我们一起去武汉大学看樱花。

雪中的华西护士

雪后晴朗的武汉

2020年2月17日 正月廿四 星期一 多云

四川大学华西医院第三批援鄂医疗队 胸外科 周娴

今天是来到武汉的第10天，逐渐习惯了作息时间和工作流程，早上太阳从窗外照进房间，看得心里暖暖的。武汉前一天刚下过雪，今天雪渐渐融化了，希望疫情也慢慢消失。今晚夜班，我吃了一盒方便米饭便前往工作地。我们穿上密不透风的防护服，穿过隔离病房的几重大门，进入污染区开始工作了。

"这几天降温了，晚上冷不冷啊？一定要注意保暖哦。"在给一位输完液的阿姨取针的时候，我脱口而出一句关心的话语，点燃了阿姨的内心："不冷不冷！你们真辛苦，我感觉越来越好了，谢谢你们华西！谢谢！没有你们就没有我，我好了一定要去成都、去华西医院给你们送锦旗！"阿姨略显激动，感觉是压抑了很久的话，一下子喷涌而出。我知道，这里的患者都跟阿姨一样——他们需要我们。虽然忙了很长时间，但是现在，我突然不觉得累了，因为所有的付出都得到了回报。

下班前半个小时，我突然觉得鼻子有点痒，像流鼻涕一样，戴着防护口罩我们不能碰身上的任何部位，我只能强忍着，使劲往里吸。同事察觉出我的异样，要求我提前退出污染区。卸下防护服，取下护目镜和口罩，我才发现原来是自己流鼻血了……

完成这一晚的工作，回到酒店，洗漱完已经是凌晨3点30分了。

晚安，武汉！明天我们将迎来新的一天！

2020年2月20日 正月廿七 星期四 晴

四川大学华西医院第三批援鄂医疗队 康复医学科 曾鹏

中午下班，正准备喝口水休息就听见护士长说，下午有一位其他病区的重症患者要转到我们第23病区，但因患者病情较重需要一名医生和一名护士前往协助转运，听到这里我立刻上前说："我可以留下来帮忙,安排我去吧。"护士长思忖片刻,同意了。

我随便吃了点东西,就赶忙重新穿上防护服往病区走。和我一路的是重症医学科的赖巍医师,我们一路走一路商量着怎样才能快速安全地将患者转往我们科室。

可当我们到达7楼的16病区时,才发现患者情况比我们预想的要糟糕很多。患者情绪躁动,呼吸45次/分,心率140次/分,血氧饱和度波动在75%~78%,大小便失禁,表情非常可怕,充满了恐惧和焦虑。看见这个情况,赖老师和我赶紧过去安抚患者。这是我执业这么多年来第一次看见患者如此害怕的样子。

赖巍医师仔细评估后认为贸然转运存在巨大风险,便立即和东院肾内科、麻醉科医生取得联系,在讨论后决定现场气管插管后再行转运。紧跟着,我们的呼吸治疗师也来到病房。正准备气管插管事宜时,患者病情突然发生了变化,心率94次/分,呼吸频率高至54次/分,血氧饱和度只有60%,他拉着我的手说:"救救我,救救我,我感觉喘不过气儿……"看着患者如此难受,又没有家属的陪伴,我的眼泪直在眼眶里打转。

可摆在我们面前的是一道难题:不及时行气管插管,患者出现呼吸衰竭,会引起多器官损伤甚至死亡;如果行气管插管,患者目前的身体条件不一定能承受插管过程中的风险。

经过大家快速讨论后达成一致意见:"立即插管!不能眼睁睁看着死神带走他!"随即予以静脉注射丙泊酚诱导麻醉、静脉注射阿曲库铵创造插管条件,清理呼吸道,开放气道,下喉镜,放导管,插管成功,固定导管,连接呼吸机……整个操作团队配合默契,过程非常顺利,不到1分钟就将导管成功置入并开始机械辅助通气,患者的血氧饱和度也得到了改善。

正当大家松了一口气的时候,病魔却在此刻向我们开了一个玩笑。突然心电监护显示患者心率161次/分,呼吸49次/分,血压测不出,血氧饱和度只有56%,眨眼间血氧饱和度又下降至无法测出——患者心搏骤停!在场人员当即迅速反应,立刻行胸外心脏按压,给予肾上腺素静脉注射、多巴胺注射液维持血压……各种抢救措施双管齐下,所有人各司其职沉着应对，此刻的我心里不停地默念着："一定要挺住！一定要挺住！"经过一系列快速高效的急救措施，患者的心律逐渐恢复至窦性，40次/分、50次/分、65次/分……2分钟后患者的生命体征逐渐稳定，血氧饱和度维持在80%~85%。再次评估患者的情况后，赖老师决定立即转科。

曾鹏前往武汉大学人民医院东院路上拍摄的日出

为了以最短的时间将患者平安转运至第23病区，我们将电梯锁定在7楼。随后，患者以及转运患者所必需的转运呼吸机、氧气钢瓶、监护仪、微量泵，还有所有的抢救物资连同病床一起，缓慢、平稳地推出16病区。进入电梯后，我们几双眼睛时刻紧盯呼吸机工作状态、监护仪上的生命体征，生怕有任何意外在此刻发生。因为患者身上带着很多仪器，所以我们不能走得过快，只能求稳。平时从7楼至14楼只需2分钟的时间，今天用了整整20分钟，最终患者平安转入，当时我整个人都长长地松了一口气。

这不是我职业生涯中第一次近距离面对死亡，可能也不会是最后一次，但却给我留下了无法磨灭的记忆。大概是因为看到患者那强烈的求生欲，一时间我想到陈忠实在《白鹿原》中写道："好好活着！活着就要记住，人生最痛苦最绝望的那一刻是最难熬的一刻，但不是生命结束的最后一刻；熬过去挣过去就会开始一个重要的转折，开始一个新的辉煌历程；心软一下熬不过去就死了，死了一切就都完了。好好活着，活着就有希望。"

其实，最大的幸福，就是活着。只要活着，就有希望。

2020年2月21日 正月廿八 星期五 小雨转晴

四川大学华西医院第四批援鄂医疗队 心理卫生中心 叶应华

今天对我来说是一个特殊的日子。昨天晚上6点突然接到医院通知，要求第二天一早，出征武汉。虽然在武汉疫情蔓延之初，我就递交了请战书，做好了奔赴抗"疫"一线的准备。但突然接到通知，原本自信已做好准备的我，对未知的环境还是感到些许的紧张和担忧。想到自己年迈的父母、年幼的女儿，内心有点愧疚。

我把这个消息告诉老公，他愣了一下，问我："什么时候走？"我说："明早！"他问："什么时候回来？"我回答："未定。"

他看了我一眼，只是转身默默拿出行李箱，不再言语。但我知道，他定是满心忧虑，此时他虽有千言万语只是不敢说出口。一旁的女儿看见我们收拾行李，十分疑惑，她不明白已经是晚上了，妈妈这是要去哪

叶应华（第一排右三）出征时合影

里？面对她，我没了勇气，我不敢告诉她我要去哪里。最终，还是老公帮我告诉了她。得知我要去武汉，她哭得很伤心，她不想我离开，听到她的哭声，不舍和内疚一下子涌上心头，我只能紧紧抱住她、安慰她。我告诉她："乖，妈妈这是去帮助更多的人，如果每个人都不想去，那受到伤害的人就更多。"她脸上挂着眼泪，噘着嘴，却还是微微地点了点头。

行李收拾过半，才敢和年迈的父母打电话告别，本不想让他们担心，电话里叮嘱他们早些休息，谁知道他们很快就赶来我家，默默地陪我收拾行囊。我妈在一旁小声哽咽，静悄悄的房间里，她虽然已极力掩饰了，我却听得真真切切。我默默告诉自己，一定要平安归来。

我不知道前方会怎样，但我想，每一分付出，都有一分力量。武汉，我来了！

2020年2月25日 二月初三 星期二 阵雨

四川大学华西医院第一批援鄂医疗队 呼吸与危重症医学科 冯梅

来到武汉已整整一个月了。

听说很多医院都出现了"床等人"的现象，这是个好消息。汉口小妹妹告诉我说武汉只有冬天和夏天，一场暴雨似乎让已嗅到夏日气息的江城回到了寒冬。今天我们还迎接了河北的新队员，队伍越来越壮大，加油！

2020年2月28日 二月初六 星期五 小雨

四川大学华西医院第三批援鄂医疗队护士 康复医学科 尹玲茜

今天到达武汉已经21天了，记得刚到武汉那天已是晚上6点多，到酒店的第一餐，场面比较混乱。在吃饭间隙碰到了几位专程来帮我们搬运行李物资的武汉本地的志愿者。他们本可以远离人群，远离危险，可却选择了逆行，他们的大爱之心让我心存佩服。我内心的坚毅，始于此，始于他们。

第一夜，无眠。后来我发现，除了打败病毒，还需要与内心的孤独、寂寞做顽强而持久的斗争。出于落实防控措施的要求，我们被安排住在酒店里的单间，每天重复着同样的事情：领取盒饭独自在房间用餐、上班穿脱防护服、下班乘专用公交车隔位而坐，然后又是一个人回到毫无生气的房间，洗去这一身的疲惫后，开始享受孤独，没人说话聊天，没人嬉戏打闹，更没有孩子的灿烂笑声。躺在床上，看到的是一片白色的天花板；站在窗边，看到的永远是站得笔直的路灯和一闪又一闪的红绿灯。许久，路上没有一个人的影子。长久如此，让我们感到了这座城市的孤独以及自己内心的孤独。

越逆境，越坚强；越逆境，越温暖。

我开始习惯出门就有"781路"公交车的等待，两位师傅白天晚上的轮班，使我早已熟悉了他们的背影，他俩轮番为我们保驾护航，没有一天的休息。我早已习惯了车厢内消毒水的味道，给了我无限的安全感。每护送我们一次，他们总是认认真真地消毒一次车厢。他们会为任何一位因为晚下班而没赶上车的医务人员而折返，也因为每天与我们这些高危人群密切接触而不能回到那个每天都要路过好几次的家。每天下

夜幕下的"781路"公交车

班无论多晚，医院门口总是有亮着车灯的"781路"公交车等着我们，那个车灯是如此的温暖。

回到我们每天吃住的酒店，晚上每层楼道的垃圾桶必定是满满当当的，早晨却一定是干干净净的。那天我与酒店保洁员擦肩而过，看到他穿着密不透风的防护服和额头上清晰可见的汗水，在等电梯的间歇，我们点头问好，我真诚地向他道谢："谢谢你每天帮我们收垃圾、做卫生……"而他笑着说："谢啥哦！武汉有你们才有救，你们才辛苦！"

在前方，有太多太多这样的人，义务接送医护的司机，义务搬运物资的工人，义务给患者送药的志愿者、社区工作人员……他们都身处危险之中，但总是笑脸相迎，潜移默化地感染着我，感染着每一个人。他们的力量从来就不比医护人员的小，应当被铭记！

在后方，同样有许多人时时刻刻为我加油鼓舞默默付出，让我毫无后顾之忧。医院工会和科室管理小组走进我温暖的小家慰问家人，这些温馨的点滴感染着我这颗孤独、恐惧的心，让我的内心慢慢地、悄悄地温暖了起来……

| 2020年2月29日 二月初七 星期六 多云 |

四川大学华西医院第二批援鄂医疗队 中心ICU 徐禹

今天16床阿姨出院了，还记得初见阿姨时，她总是愁眉不展。让我特别在意的是，起初护理组组长王梓得提醒大家：16床阿姨有抑郁症，务必多加关注。

有一天在日常巡查时，阿姨突然情绪失控地说："我不想在这里待了。"追问原因才知道，前一天晚上阿姨旁边的患者病情加重，几乎一晚上都在大喊大叫，弄得她根本没办法休息。

于是我们当即决定，把这位患者转到另一个单间，让阿姨好好休息。同时也告诉护理组组长们，一定要加强对阿姨的观察，多安慰多鼓励，让她心情好一点。事实证明这一点我们做得非常成功。之后几天里，我们经常看到阿姨爽朗的笑容，她还会主动和我们打招呼，跟我们聊聊天。

昨天阿姨的连续几次咽拭子结果都是阴性，达到了出院标准，而恰巧昨天也是她的生日，王梓得从酒店带了一些水果，作为送给她的生日礼物，同时也告诉了她这个好消息。阿姨特别感动，今天巡视病房时，她又找到我说："你们四川来的护士真的太棒了！每天工作那么辛苦，但还是随时充满活力，你们身上散发的朝气感染了我。那天我看到同病房的病友变成那样时，我当时真的觉得我这次肯定要死在这里了，是你们救了我！"

从2月9日四川省第三批援鄂医疗队第一个患者治愈出院，到2月16日我们病区第一个高龄患者（85岁）出院。截至目前，我们已经有30余名患者康复出院。我相信，胜利就在前方！

2020年3月1日 二月初八 星期日 晴

四川大学华西医院第四批援鄂医疗队 心理卫生中心 叶应华

今天是来到武汉的第8天，风雨过后迎来了灿烂阳光。昨天接到发热六病区黄主任的信息，病房有很多患者存在焦虑、失眠的症状，我们便一早奔赴医院。

到了医院我们穿防护服的时候就碰到江西队负责院感的小伙子。他已经来武汉1个月了，很热情，也很细心，仔细地先帮我们把工作服的衣领立起来用胶布粘好，以减少皮肤的暴露，再协助我们穿上防护服。病区的主任和其他工作人员非常乐观地说着他们已经度过了最难的时期，没有什么过不去的。他们热情、乐观、坚韧的精神感染了我们，让我们很快融入了这种轻松的氛围中。

穿上防护服、隔离衣后，才能深切地体会到一线医务人员的不容易，衣服很闷热，多说话护目镜就会起雾，真的是"雾里看花"啊！

病区有7位患者需要我们的心理干预，他们的心理问题共同点就是焦虑、失眠、身体疼痛以及对疾病能否康复的担忧等。我们先和他们聊天，关心他们的生活，理解他们住院的孤独、无聊、害怕，很快就和他们建立了很好的关系。他们非常信任我们，向我们倾诉他们的焦虑、无助、自责以及身体有多么不舒服。当我们告诉他们遇到这么大的危机，我们也曾经有焦虑、担心的情绪反应时，他们很惊讶："医生也会紧张？"我们告诉他们："医生当然也会有情绪反应，面对这样的应激状况，每个人都有情绪反应，这是很正常的现象。"听到我们这样说的时候，面对我们的患者，眼睛突然有了神采，紧张的表情变得释然。

我面对一位50多岁的大姐时，她告诉我，她很想康复，想多吃点药，感觉多吃药才能恢复得更快，她感觉自己全身都痛，晚上还会失眠。在和她交谈的过程中，我发现她特别关注自己的身体，有一点变化就会很担心，从她的主管医生那里我们了解到她的疼痛已经排除器质性的问题，考虑是躯体焦虑的症状。所以我在床旁指导她如何去转移注意力，减少对身体的关注，减轻焦虑情绪，并教会了她呼吸和肌肉放松的方式。指导她练习10分钟后，她感觉非常好，特别喜欢呼吸练习。她感叹道："感觉呼吸好久都没有这么通畅过了！"

我们心理支援团队作为一个特殊的治疗团队，不是雪中送炭，更谈不上锦上添花，但我们是心灵的守护者，尽绵薄之力，为患者和医务人员的心理健康保驾护航。

2020年3月2日 二月初九 星期一 小雨转阴

四川大学华西医院第二批援鄂医疗队 小儿ICU 杨翠

看到队友们发的朋友圈，才知道我们医疗队到武汉已经整整一个月了。不由想起医疗队出发的那一天，很多媒体、同事和家人都来为我们送行，让我们的出行显得十分悲壮。经过几个小时的飞行后，大家到达武汉机场已临近傍晚，在去酒店的路上，车里气氛非常沉寂，或许是大家累了，也或许每个人都在担心前线的情况。透过车窗，看到武汉下着小雨，沿江的夜景非常漂亮，随处可见的"武汉加油"振奋着我们。我和邻座的刘瑶聊了会儿家常，相互问了问家里是否已经安顿好，说着说着，竟然拉着手互相鼓励："我们一定要平安回家！"现在想起来，当时似乎有点矫情，但又确实是有感而发。

刚来武汉的前两周，确实有太多的艰难。病区里不光防护物资紧缺，就像拖车、治疗车这样的基础用具也缺，去设备部领物资，都是硬扛，那会儿经常出现睡到半夜肩膀被疼醒的情况。现在大家谈起当时的种种，没有觉得苦，反倒觉得是一段难忘的人生经历。

时间过得很快，各项工作已步入了正轨，最近几天都有患者康复出院了，今天一个阿姨跟我说："我舍不得你们，但是又希望你们能够早点回家……"

武汉的天气时冷时热，但是医院花园里的杏花已经盛开，路边的樱花也开得正艳，武汉这座城市一直以樱花闻名，我想来年，我们一定会在武汉大学的樱花树下合影留念。

2020年3月3日 二月初十 星期二 雨

四川大学华西医院第三批援鄂医疗队 小儿外科 黄文姣

今天是来武汉的第26天，用时光飞逝一词来形容时间过得太快似乎有点普通，然而我也想不到更文艺的辞藻了。这26天，我们过了元宵节、情人节，很快三八节和植树节就要来了。我们也经历了二十四节气中的雨水，过几天就是惊蛰了。小伙伴们开玩笑地说，再过段时间，医院就要给我们寄短袖和短裤了。

经过一段时间的磨合，小伙伴们越来越默契，战斗力也越来越强。成功施行气管插管又顺利拔除气管插管的患者给了团队极大的激励和安慰。主任"康师傅"带领着团队，仍然勇敢坚韧地与"小病毒"斗争着。在这些日子里，小伙伴们也越发勇敢，彼此的心也更加温暖。

昨天，病房首例ECMO上机了，"康师傅"带着团队从晚上8点战斗到了今天凌晨3点。我作为总务护士，也全程陪伴他们战斗。

昨天下午，团队经过讨论，决定给9床上ECMO。可欣接到命令就从酒店出发，推着机器赶到了医院，一到病房就马不停蹄地开始装机。病房里的激战也随之打响，就在为9床准备ECMO期间，又收了两名新冠肺炎重症患者，一位是88岁的老人，另一位是30多岁的姑娘。一个吸氧不能断；另一个插着气管插管，病情极不稳定。病房里面的老师们，一边要准备ECMO上机，一边要收新患者，收新患者的同时还要抢救……

呼机一直不停地响：

"病房在吗？病房在吗？护士站请把液体送出来！……"

"值班医生，值班医生……"

"总务老师，没有动脉穿刺针了！没有压力传感器了……"

当呼机呼不到病房的时候，我就知道她们已经忙到"起飞"了。就连清洁区的总务护士都忙到没时间吃晚饭，没时间喝水，没时间回信息，更何况他们？下班交接完后，出来的小伙伴都很自豪地向我展示她们湿透了的洗手衣。大家洗完澡第一件事就是狠狠地灌几瓶水，一边聊着战斗的过程一边赶班车，再为下一次战斗做准备！

之前和患者聊天，患者说，他不表扬我们其中的哪一个人有多好！我们是团队，这场战"疫"也是团队作战，是华西医院团队好，他们患者才能好得这么快！

是的，我深有体会！团队作战，战斗力才强大。无论是医生还是护士，无论是ICU还是非ICU的老师，无论是在病房、在护士站还是在清

黄文姣与患者一起看风景

洁区，我们都是华西战队的一分子，都是作为团队在战斗！而我，何其幸运，能够作为其中的一分子！

| 2020年3月8日 二月十五 星期日 多云转阵雨 |

四川大学华西医院第三批援鄂医疗队 甲状腺外科 游薇

今天我们到达武汉整整一个月了。一大早，大家在班车上就讨论着"满月"和"女神节"的话题，能感觉到大家内心的轻松和愉悦，再加上听说驻地酒店和医疗队会为大家准备节日惊喜，内心更觉得有了期盼。

期待的庆祝活动终于在傍晚拉开序幕，从自助"满月宴"（当然还是每个人挑选喜欢的菜品到个人餐盘里，然后带回房间吃），到队伍准备的"女神节"双庆活动，"打牙祭"的快感，再到李伯清等演艺人员为我们录制的专享视频，一晚上微信群的热闹就没有停止过。而在节目结束之后，队伍中的男同胞们为所有"女神"送上了鲜花和礼物，还有感人的贴心小纸条，让我心里更是无比温暖。当然，我也要感恩陪伴我们一起度过这段时光的公交车师傅、酒店的工作人员，还有后方的大华西。

"三八"妇女节当天，游薇手捧驻地酒店和医疗队准备的鲜花

武汉的春天已经来了，武汉大学人民医院东院的花儿已经开了，新冠肺炎的患者数一天天减少了，相信我们每一天的生活中都会有属于自己的"小确幸"，我们都有着"打怪"的终极目标。等疫情散去，我相信我们都可以更加清晰地认识彼此，认识武汉，加油吧！

女神节快乐！晚安，好梦！

| 2020年3月21日 二月廿八 星期六 晴 |

四川大学华西医院第一批援鄂医疗队 SICU[①] 吴孝文

接上级通知，四川省第一批援鄂医疗队圆满完成援鄂抗疫任务，开始撤离武汉。行李早已打包完毕，宾馆房间显得异常空旷，望着这一个多月里庇我周全、供我温暖的地方，万般滋味涌上心头。满满的归家喜悦之情，蒙上了一丝离愁，这里毕竟是我奋战了50多天的地方，这里的每一个人都是和我共同战斗、彼此相伴的战友。

"人非草木，孰能无情？"在这里有太多的故事可以诉说，有太多的情感需要抒发——在这里我看到过蔡姐为患者逝去而流下惋惜的泪水；看到过漆姐在我接她班时眼底流露出的那一缕如释重负；感受过张老铁担心上班氧气瓶不够在床上辗转难眠的焦虑；感受过带患者出去检查，患者却嘱咐我不要离她太近、好好防护自己的关怀；感受过云耀在患者反复取下氧气面罩时流露的那种焦急；也感受过红会医院本院医护的坚韧和乐观。种种这些，恍如隔世，又历历在目，将它们和行李一起打包装箱，埋在心里任它沉淀酝酿。也许等以后儿子长大了，可以给他讲一个爸爸和全国各地的叔叔阿姨们在武汉"打怪升级"的故事。

等疫情结束后，最想做什么？有的人说想吃火锅，有的人说想好好睡一觉，有的人打算强身健体。我的回答是，我想带着家人来武汉，因为这次我看到的是时间静止下的武汉，下次我想看到一切归于原位、朝

---

① SICU：外科重症监护病房。

气蓬勃的武汉。

相同的路程，不同的感受。出发时觉得怎么那么久都还没到目的地，回来时却觉得怎么这么快就到成都了？下了飞机，看到了簇拥在飞机周围的迎接人群，瞬间感到有些不真实：我们真的就回来了？坐上大巴开始向隔离点行进，沿路所有的路口和街道都有可爱的市民向我们挥手鼓掌、竖起大拇指，突然感觉眼睛有些酸酸的。出发去武汉时，我没有哭；疫情最艰难时，我没有哭；在归来时，看到沿路相送的武汉人民、沿路迎接的四川人民，我却内心澎湃，双眼模糊。因为这是对我们最大的肯定，真的很感动。

其实，我只是一位平凡的护士，在做一件职责所在的事情，这是职业赋予我们的责任。火灾时，烈火熊熊，消防官兵坚守防线分秒必争；战争时，明知前方是死，士兵们也要发起冲锋；疫情来时，我们医务人员当然责无旁贷。

吴孝文（前排右一）在回程航班上与机组人员的合照

到了隔离酒店，这里除了有热情的工作人员、舒适怡人的环境之外，我还收到了一份特殊的礼物，是共青团四川省委送的一份大礼包，里面有牛奶、饼干等。而其中最好的是一本精神食粮——《习近平的七年知青岁月》。这本书让我在接下来难得的几天假期里更近距离地了解了习总书记，了解那段艰难岁月给他留下的重大影响，让我在经历抗疫之后，沉下心来汲取精神的营养。

2020年4月8日 三月十六 星期三 晴

四川大学华西医院第一批援鄂医疗队 中心ICU 徐禹

睁开眼，看见陌生的房间，还有些不真实。从一天之前刚下夜班的我接到准备撤离武汉的通知，到现在躺在家乡的土壤之上，仿佛一切都是梦境。

昨天，我和第二批援鄂医疗队队员们第二次收拾行装。其实早在一周前我们就已经将原本接管的第五、第六病区消杀和腾空完毕，准备踏上返家的路。但得知华西大部队仍然在坚守，我们犹豫了，经过短暂的碰头，大家默契地达成了一致——留下来！不随原来的团队撤离，而是并入华西医院第三批援鄂医疗队中。当我们决定留下的时候，每个人都经历了一种失落，是送别与我们并肩作战两个月的战友的不舍，也是心里萌发的一种对归家的渴望。调整好情绪，送走战友后，我们便立刻投入到了新的工作中。

但是这次不同，我们是真的要回家了。而且惊喜来得太突然了，迷迷糊糊地收拾完行李，迷迷糊糊地参加完送行仪式，迷迷糊糊地到了机场，迷迷糊糊地回成都了！在昨天回程的飞机上，大家都已经按捺不住喜悦的心情，因为我们即将踏上心心念念了两个月的土地，大家在机舱里尽情地歌唱，似乎在释放着这两个月以来一直压抑着的心情。

一路上替我们开道的交警，顶着太阳护送我们到隔离点；马路两旁聚集的人们挥舞着旗帜，向我们挥手，竖起大拇指……隔着车窗也能听到排成长龙的私家车齐鸣喇叭，真的是回家了，回家真好啊！

四川大学华西医院援鄂医疗队凯旋合影

进房间刚放下行李，采集咽拭子的医务人员便来了。虽然大家都曾经给患者采过很多次咽拭子，然而这下角色转换成"被采"的那一方，看到医务人员走过来都开始心跳加速。但好在第二天的结果让人安心，全员阴性！

两月有余的援鄂经历，有过汗水，有过眼泪，有过悲伤，也有过喜悦，依然记得出发前和家人朋友的不舍，转眼间离团聚的日子越来越近了，一切都归于平静，希望这场战"疫"早日尘埃落定，走向真正的"Happy ending"！

本章素材部分源自四川大学华西医院呼吸与危重症医学科：冯梅、吴颖、王宇皓；四川大学华西医院NICU：刘逸文；四川大学华西医院传染科：杨旭琳；四川大学华西医院日间服务中心：彭小华、张素清；四川大学华西医院心理卫生中心：杨秀芳、叶应华；四川大学华西医院中心ICU：刘瑶、郭智、蔡琳、李阳、徐禹；四川大学华西医院小儿ICU：杨翠；四川大学华西医院SICU：吴孝文；四川大学华西医院小儿外科：黄文姣；四川大学华西医院胸外科：周娴；四川大学华西医院康复医学科：曾鹏、尹玲茜；四川大学华西医院甲状腺外科：胡紫宜、游薇；四川大学华西医院RICU：唐荔；四川大学华西医院麻醉手术中心：朱道珺。

（本章编辑：胡紫宜）

第三章
四川保卫战

我们的家乡，由我们守护

第一节
齐心协力，共卫天府

确诊数字每天在上升

白衣天使日夜揪心

你们披上战袍踏上战场

无数的艰难和汗水

换来了下降的数字和患者的笑脸

你们成功驱逐死神

争分夺秒

与时间赛跑

抢回了生命

——节选自四川大学华西医院老年医学中心某患者《逆行者之歌》

　　蓉城之夜，静明路畔，成都公共卫生临床医疗中心（简称成都公卫中心）应急一病区灯火通明。除了武汉抗疫一线，这里也是四川大学华西医院医疗队抗击新冠肺炎的四川主战场。

　　成都公卫中心原是成都市传染病定点收治医院，新冠肺炎疫情之后这里成为成都市新冠肺炎患者定点收治医疗机构。市内所有新冠肺炎重症、危重症患者都被转至此接受治疗。这里的"战况"如何，牵动着成都市民的心。

　　为了全力救治患者，发挥多学科协作救治的优势，保障人民群众的生命安全，四川大学华西医院共向成都公卫中心派驻了69人共同抗击疫情。

派驻的人员包括29名医生、技师，以及来自29个不同科室的40名护士。

荆棘载途，迎难而上

四川大学华西医院肝脏外科护士长吴孟航在这次任务中承担了护理队队长的角色。初到成都公卫中心，他们需要在最短的时间里适应，快速投入到救治工作中。然而，困难也接踵而至：陌生的环境、陌生的团队、陌生的流程，一时之间让工作开展举步维艰。

新冠肺炎隔离病房和普通病房区别巨大，清洁区、污染区、半污染区都需要严格划分；没有HIS系统（医院信息系统）、移动电脑的协助，给医嘱的执行和查对造成了巨大的阻碍……而最让人头疼的是彼此不熟悉的医生、技师、护士团队，默契度和配合度不够，明显影响了工作进度。而团队是工作的基础，融洽的工作氛围、舒心的工作环境和合理的工作流程才会提高工作效率。

巨大的精神压力和深深的疲惫让吴孟航睡眠质量直线下降，甚至连梦里都在处理工作。但是作为华西护理人，工作中就没有"退缩"两个字。面对陌生环境、陌生同事带来的挑战，她积极与各护理小组组长联系沟通，一发现问题，就绞尽脑汁思考解决方法。她利用休息时间和组长们一起制定各班次详细的工作流程，组织团队成员讨论困难之处……同时，四川大学华西医院作为大家坚实的后盾，护理部蒋艳主任在得知该情况后，亲自前往成都公卫中心，对存在的问题提出解决方案，安抚团队成员，各方面给予全力支持。在蒋艳主任和吴孟航护士长的不断协调与尝试下，团队成员们逐渐适应了在成都公卫中心的工作和生活。小组成员间经过不断沟通、磨合后，配合得越来越默契，工作逐渐走上正轨，大家工作起来也更加得心应手，全身心地投入到救治新冠肺炎患者的工作中。

| 华西APN[①]在公卫 |

"我的职责就是在这个新组建的科室里，让护理工作有速度、有质量地进行。"当问起王春燕在成都公卫中心的工作时，作为APN的她这样回答道。

相比一般的护士，APN需要具备更深、更广的理论知识与临床经验，更强的个人独立思考和决策能力，还承担着对复杂个案患者提供专业化护理服务、专家型临床顾问、多学科协调、教育咨询以及通过循证护理实践改善护理服务等工作，可谓是"全能型选手"。

在派驻的后续大部队到达成都公卫中心之前，王春燕就提前到了病房开展工作。因为早期工作流程有待磨合，所以即使是常规的护理工作都变得十分不容易。作为APN，王春燕每天参与医疗查房，与医生讨论患者病情，参与到患者诊疗计划制订过程中。在这个过程里，她需要运用到扎实的重症护理知识，对患者病情信息进行甄别，向责任护士转述并强调每位患者的护理要点，同时也需要将患者的护理效果、病情变化梳理后反馈给医生。这时，她成为一个齿轮，衔接了医生和护士，让大家成为一个更加紧密的团队，使新冠肺炎危重症患者得到更加高效的救治。

面对新冠肺炎重症老年患者时，专业的警觉让她预先意识到这类患者极易发生误吸，长时间卧床还可能导致压力性损伤、静脉血栓、废用综合征等一系列问题，需要定时翻身、功能锻炼和气道监测。考虑到穿上防护服之后医护人员的工作受到很大影响，无法完成常规听诊，病房有限的仪器设备可能会影响医护人员对这类患者病情的判断和护理，她便立刻联系四川大学华西医院对物资进行了补给。床上转移训练仪、Picco[②]监测仪、电子纤维支气管镜等各种物资从四川大学华西医院转运到了成都公卫中心，有了物资的保障，护理工作的质量有了很大提升。

---

① APN：英文全称就是 advanced practice nurse，直译为高级实践护士，指拥有深厚的专科知识、复杂问题的决策能力及扩展临床实践才能的注册护士。
② Picco：容量监测仪，是一种对重症病人主要血流动力学参数进行监测的工具。

除了自己披挂上阵，她还鼓励老年科出身的护士代水平指导患者学习"八段锦"；与康复医生一起指导患者功能锻炼，改善患者的肺功能和肢体活动度；当发现一位老年患者因为住院时间长、病情重，再加上对新冠肺炎的恐惧，不愿意和人交流，也不愿意进食时，她便立即与心理卫生中心的黄霞老师取得联系，安排对这位患者给予心理干预；当她发现有的护士使用Picco监测仪不够熟练，便立即组织护士线上学习，讲解落实Picco监测仪的使用方法和注意事项。她还充分发挥不同专业背景护士的优势，组织护士相互学习，使其取长补短。

"长风破浪会有时，直挂云帆济沧海"，虽然前方困难重重，但是难不倒华西APN。越是在逆境中，华西护士越能迎难而上，绽放出闪耀光芒。

一根胃管的故事

"吴老师，16床老爷爷的胃管好难安哦，好几个同事都试了，但还是安不起，接班的老师说她再试试。"下夜班的小王向吴孟航说道。那位老爷爷是气管切开带呼吸机的患者，作为护士长的她意识到这可能是一例困难置管。早上正是隔离区病房工作最繁忙的时候，床旁护士在安置胃管上已花费大量时间和精力，不能再耽误时间了。吴孟航快速准备，进入污染区内。

这是一位87岁高龄的患者，处于镇痛镇静状态，持续气管切开，导管处接有创呼吸机通气。患者体态消瘦、营养状况差。由于当时新冠肺炎治疗没有特效药，加强营养、维持肠道屏障功能、增加患者免疫力是使患者康复的重要措施。所以，今天安置这根胃管务必成功！

进入病房后，吴孟航立即着手胃管的安置。她身着防护服，耳朵被完全包裹着，不能使用听诊器；手上戴着双层手套，手感差，完全只能凭经验操作。她准备好液状石蜡，清洁患者鼻腔，尝试经鼻腔安置，但胃管总是盘旋在口腔内。更换胃管型号后，重新调整患者的体位，调整插管的手法，但最后还是没能成功。

在密不透风的防护服里汗水一直往下滴，护目镜也蒙上了一层水雾，一切都变得模糊起来。

"还真是难得一遇的困难置管啊，为什么安置不进去呢？是患者镇静没到位吗？是食道有异常吗？"吴孟航在心里自问自答着。如果是普通患者，胃管安置困难，可在胃镜室可视化下置管，但在传染病重症隔离病房，实在是没有条件……

"没有条件，创造条件也要安上！"吴孟航道，"戴老师把超声机推过来，请值班呼吸治疗师准备喉镜到床旁协助行经口腔安置胃管。"

当呼吸治疗师小杨把喉镜放入患者口腔固定后，吴孟航护士长弯下腰，几乎完全贴近患者口部，才能透过布满水雾的护目镜查看清楚患者咽喉部的情况。患者由于霉菌感染导致口腔多处溃疡，溃疡稍微一触便会流血不止，在患者的咽喉部也存在大量血凝块。把口咽部血凝块全部清理后，她又发现患者的会厌部水肿得很严重，甚至连条缝都没有，几乎分不清食道和气道，难怪之前插不进去。

她再次将手中的胃管通过牙垫尽量轻柔地缓慢推送，希望能插入那难以用肉眼分辨的食道。呼吸治疗师小杨一边固定着喉镜，一边关注着呼吸机上各个参数的变化；护理组组长小戴在超声下寻找着胃管进入食道的迹象；床旁护士小高密切监测着患者的生命体征，大家都凝神屏气专注着各自手上的任务。

"看到了！看到了！安进去了！"护理组组长小戴大声高喊，让现场紧张的氛围瞬间缓和下来。

确认胃管已进入食道后，吴孟航再轻柔地往下继续插入胃内，一边固定着胃管，一边还指导着床旁护士小高经胃管快速注入温水，然后紧盯着超声显示屏，"快看，这就是云雾征！"

胃管终于安置成功了！

吴孟航完成任务起身时，才发现腰部疼痛不已。原来不知不觉中，她已经弯腰站立长达2个多小时了。走出污染区，脱掉防护装备，洗手衣已经全部被汗水浸湿。虽然早已错过饭点，但是成功的喜悦充满内心，给人无尽的力量！

这次置管是吴孟航护士长护理生涯中最困难的一次，它凝聚着多学科团队的力量。面对困难，大家不抛弃不放弃，想尽各种办法，不断尝试，分析失败原因，最终成功解决。护士的初心就是面对患者，努力减少他们的痛苦。无论在多么困难的情况下，华西护理人都将坚守初心，切实践行南丁格尔誓言。

肿瘤专科护士的"消肿行动"

新冠肺炎重症病房里出现了一位合并多种基础疾病、左上肢明显肿胀的老年女性患者。当四川大学华西医院肿瘤专科护士谢玲玲第一次看到这位患者肿胀的上肢时，出于专业的敏感性，第一个想法便是这与乳腺癌术后引起的淋巴水肿相似。

一番询问和病史资料收集后，谢玲玲确认了这位患者十年前接受了左乳房切除术+左侧腋窝淋巴结清扫术，而这个"肿了十年"，也让患者"困扰了十年"的上肢肿胀正是放化疗引起的II期淋巴水肿。于是谢玲玲与同为肿瘤专科护士的范红英立即想到为其采取"消肿行动"。作为国际淋巴水肿治疗师的范红英在充分评估患者上肢功能后，考虑到患者目前病情不能耐受常规标准的"综合消肿治疗"，于是从"治疗"转向"预防"和"缓解"，三个照护性Bundle（集束化策略）应运而生。

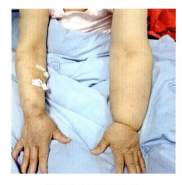
患者左上肢淋巴水肿

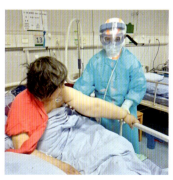
谢玲玲评估患肢功能

A　预防性Bundle：患肢不提重物，不用力按摩手臂，防止皮肤破损和蚊虫叮咬，着宽松棉质衣物，禁忌输液和抽血……

B　功能锻炼性Bundle：每日坚持抬臂、握拳、深呼吸……

C　观测性Bundle：每日查看肢端循环和皮肤状况，定时测量臂围……

范红英为护理组员们分享了乳腺癌术后淋巴水肿发生的原因、综合消肿治疗方法以及护理方法，帮助大家更专业地护理患者。

在包括谢玲玲、范红英在内的护理团队的精心护理下，虽然短时间之内患者左上肢的淋巴水肿还未明显消退，但她的心情一天天变好了，她高兴地说："从来没有人给我讲过这只手肿成这样是因为淋巴水肿，我也不知道淋巴水肿还可以治疗。真的是太感谢你们了！"

| 疫情下的生死速递 |

2床，女，高龄，阿尔茨海默病，合并多种基础疾病，持续床旁CRRT（连续肾脏替代疗法）治疗。

在华西支援队伍到达成都公卫中心之前，这名患者被安置在一个狭窄的房间，没有窗户，非常影响病情的观察。考虑到患者生命体征不稳定，有心脏基础疾病，随时可能抢救，在组建新的隔离病房时，吴孟航护士长强调一定要把这名患者转到能隔玻璃窗观察的独立单间。只做到这点还不够，吴孟航护士长要求在患者所在的病房外必须放置抢救车和除颤仪备用，进行严格的班班交接。同时，在外走廊还安置了移动查房电脑，增加无线电对讲机，传递窗增加患者信息标识，护士站安装视频监控和中心监护，以便实时查看患者生命体征。

果然，护士长的未雨绸缪是对的。一天晚上，值班护士从窗外走过时，发现患者血压下降，心跳逐渐减慢。这名护士立即冲进病房，呼叫值班医生，医疗组组长也立即赶到护士站，通过远程监控和中心监护指挥病房里面医护人员的抢救工作。对患者的病情快速评估后，医疗团队一致认为必须尽快安置临时起搏器！然而作为传染病专科医院的成都公卫中心，并没有相应的物资。梁宗安主任、领队刘凯科长、吴孟航护士长立即协调和联络四川大学华西医院心内科导管室的同事，紧急调动临时起搏器。

物资的问题解决了，但是患者的病情仍不乐观。为了给运送临时起搏器争取足够的时间，华西医疗队必须尽快稳住患者的病情。医生、护士、呼吸治疗师、CRRT专科护士，各个环节各个岗位，每个人都有条不紊。建立静脉通道、给药、调整呼吸机参数、调整CRRT方案……半小时后患者抢救成功，自主心律恢复，维持了较好的内环境，随即医护人员进行术前准备。

与此同时，病房外一场"生死速递"正在上演。四川大学华西医院同事接到求助后立刻带上临时起搏器坐上救护车，直奔成都公卫中心。成都的夜色从窗外飞驰而过，当呼啸的华西120救护车将临时起搏器送达成都公卫中心大门时，早已有人在此等候，他们拿上物资，立即飞奔病房。在四川大学华西医院医护团队的精诚协作下，心脏临时起搏器安置成功。

每每回想起这场"生死速递"，大家都心有余悸，如果其中任何一个环节出了问题，患者的生命是否还能挽救实在不得而知。幸运的是，一切都很顺利，这离不开华西力量和华西速度。不管患者的病情有多么危重，不离不弃、全力救治，这就是华西护理人的担当和使命。

经过20多天的奋战，成都公卫中心的新冠肺炎重症患者在医疗团队的协作治疗下大部分已经脱离危险，核酸检测转阴性。在送走了一批又一批的痊愈患者后，华西护理人用实际行动与数据交上了一份满意的答卷。他们在危难时刻挺身而出，在黎明来临之际功成身退，怀揣着患者的感激之情，所有的付出都化为了值得。

第二节
构筑华西抗疫城墙

十万火急

号声嘹亮

与疫情赛跑

与病毒抗击

天府之国阴云笼罩

华西坝上将士整装

用信念和勇气浇筑成抗疫城墙

用坚守和无畏护卫着家园土壤

我们相守相望

终将见到胜利的曙光

——四川大学华西医院心脏大血管外科 叶燕琳

在派出人员驰援武汉、前往成都公卫中心后，对四川大学华西医院来讲，新型冠状病毒肺炎救治中心（简称新冠中心）就是院内抗疫的第一线。

新冠中心开展发热门诊、隔离病房、缓冲病房、疑似病房、负压病房联合救治的管理模式，从新冠肺炎患者的筛查到新冠肺炎重症患者的治疗，每个部分都担负着各自的功能，在抗击疫情中扮演着重要角色，同时还能够有效保障其他门诊、住院患者的安全，成为四川大学华西医院一道坚固的抗疫城墙。

那么，这道抗疫城墙是如何浇筑而成的呢？

争分夺秒，与疫情拼速度

疫情肆虐，随之而来的是发热患者就诊数量急剧上升，如何对新冠肺炎疑似患者进行有效识别和预检分诊成为摆在华西护理人面前的巨大挑战。

经过咨询专家和实地考察后，2020年1月17日，四川大学华西医院紧急启动24小时发热门诊，先后调整、优化发热预检分诊处6次、发热诊室3次，开设发热患者专用通道，对急诊、门诊、住院大楼及医技大楼严格实行"三通道"管理，有效避免了人员的交叉感染，保障了普通就诊患者及医务工作者的安全。

面对疫情迅速传播的状况，又一个问题出现在眼前：一旦病房收治新冠肺炎患者，病房的其他患者便处于感染的危险之下，怎样才能避免呢？

为了阻断新冠肺炎的院内传播，医院迅速下达成立新冠中心的指示，大内科科护士长袁丽，传染科护士长邓蓉、王颖，结核科护士长薛秒，疼痛科护士长刘俐，小儿ICU护士长唐梦琳临危受命，快速组建护理团队，负责新冠中心的筹建与人员、物资的调配。这个团队曾参与过"非典"时期发热病房的组建，也负责过四川大学华西医院"5·12"汶川地震伤员康复病房的筹建和管理，有着丰富的专业经验和强大的管理能力。

1月21日，四川大学华西医院收治第一例新冠肺炎患者。随着新冠中心收治病例数量不断增加，护理部从"院内人员支援库"中调动人员紧急增援。1月22日到2月7日，陆续从内科、外科、综合科、肿瘤科、重症医学科、麻醉手术中心、老年干部科、日间服务中心抽调23名人员增援新冠中心，有效保障了抗疫一线的人力。

有了人力，摆在护士长们面前的另一件大事是如何排班？按照以前的班次交接，会造成防护服频繁穿脱，不仅烦琐也浪费物资；新冠肺炎患者从生活护理到治疗工作均需当班护士完成，工作负荷大。护理团队

华西医院第一例新冠肺炎治愈出院，患者与医护团队合影

结合曾经在"非典"病房积累的经验，推出新冠"硬核"举措：把8小时轮班制改为4小时一班轮值、成组护理的临床工作模式，本病房护士与支援护士合理搭配。这样的安排，不仅保障了护理质量，也减少了护士体力消耗和物资浪费。

全力配合，共筑抗疫堡垒

　　四川大学华西医院传染科大楼建筑位置独立，且具有专科特性，适合收治新冠肺炎患者。为了满足新冠中心收治患者的特殊要求，袁丽带领护理团队对传染科进行了动线流向的进一步优化。同时，邓蓉为全力配合新冠中心的建立，紧急协调传染科病房原有患者转科或出院。在有限的时间内，要给病房里原住院患者做好解释工作并且全部办理转科或出院手续，工作量可想而知。华西护理人的精神就是面对困难永不言弃，在克服种种困难后，在中央运输科的协作下，传染科团队当天仅用4小时便完成了原有共计40名患者的出院或转科。忙碌完后，大家纷纷松了一口气，相视而笑，转瞬间又打起精神，为接下来的战斗做好准备。

随着疫情的发展，新冠中心的床位不断调整。2月4日，结核病房的薛秒护士长收到指示，要紧急征用结核病房收治新冠肺炎疑似患者，将原结核病住院患者转至疼痛科病房继续治疗。薛秒立即带领团队成员，仅用一天就完成了科内原有22名结核病住院患者的转移与出院手续，并选派出科内两名护理骨干对即将接收结核病患者的疼痛科进行专业护理指导。随后她又立即带领团队成员对病区进行了快速改造，按照呼吸道传染病患者的收治要求，对病房三区两通道进行了严格划分。

同样在2月4日这一天，疼痛科刘俐护士长统一筹划，仅用半天时间就完成了紧急流程改造、护士专业培训的工作。次日，8位结核病患者顺利转科，完成无缝对接。2月12日，随着疫情发展，再次将疼痛科病房紧急调整为观察病房，开始有序收治新冠肺炎疑似患者，进一步保障每一位患者的及时救治。2月19日，7名新冠肺炎疑似患者隔离转出后，病房恢复原态。短短3周时间内，疼痛科病房完成了3次转变，每一次转变都是攻坚克难，快速改造；每一次转变都是厚积薄发，高位求进。

为了确保新冠肺炎重症患者能够得到及时、专业的治疗，筹建新冠肺炎ICU的工作也随之进行。仅10天的时间，在唐梦琳护士长的带领下，新冠中心便完成了对传染病房1楼、2楼的负压改造和医疗设备安装工作。与此同时，重症医学科安排了新冠肺炎ICU护理人员，并对储备的人力资源进行了新进仪器设备的培训，保证护理人员的专业性。

在各科室护士长及护理团队的全力协作下，新冠中心迅速改建完成，投入到抗疫战斗中，成为华西疫情阻击战中一道坚实的堡垒。

全面培训，应战不休不殆

冲锋在一线，保护好自己才能打赢这场"防疫战"。在袁丽的安排下，新冠中心各科护士均开展了职业防护的培训，力求在理论上、技能上都做好充足的准备，用理论知识和专业技能来武装自身，在踏上战场后擐甲挥戈，早日赢得战斗的胜利。

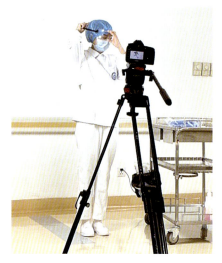

彭嘉通过线上直播方式向全院护士进行
防护用品穿脱操作示范

　　邓蓉护士长带领传染科护士们共同学习新冠肺炎的诊疗方案、新冠肺炎期间的防护要求、穿戴防护装备的注意事项等。在加强护理人员防护技能之时，也不断完善工作设备，在第一时间引进了无线体温监测系统，既能够随时随地监测患者生命体征，又能够减少护士与患者的频繁接触。

　　为实现科室医务人员零感染，薛秒护士长亲自对科内每一位医、护、工开展了防护服穿脱操作培训及考核，保证科室25名成员全部"通关"，获得前往一线战场的"通行证"。

　　唐梦琳护士长制定了新冠肺炎ICU的各项制度和流程，严格要求团队成员按照"点—位—脱"三段进行实战演练。在确保有效实行标准预防的同时，还系统性地开展呼吸机、心电监护、微量泵、超声等仪器的培训。对于新建成的新冠肺炎负压病房，绝大多数团队成员都是初次接触。因此，为了充分发挥负压病房防止病原微生物向外扩散的作用，所有的成员均接受了如何监测、使用负压病房的培训。

来自传染科的彭嘉是一名规培护士带教老师，是教学中的一把好手。在这次疫情中，她成为全院护士的教学老师。她通过在线直播的方式，向全院护士开展了穿脱防护服的操作示范与讲解，观看量高达3 000多次。1月24日，彭嘉录制了个人防护用品穿脱流程视频供全院医务人员学习。1月25日，开始多批次培训支援传染科人员。在每批武汉支援队伍出发前，彭嘉都会为队员们进行个人防护用品穿脱培训，为每一位奔赴前线的医务人员把好安全之门。

白衣天使，铸就人间大爱

有这样一群人，她们每天穿梭于隔离病房中，穿着密不透风的防护服，戴着护目镜，工作期间只能靠彼此的眼睛、特殊的手势来传递信息。她们就是新冠中心的白衣天使。

新冠中心的快速成立，患者数量的逐渐增加，骨干力量的外派支

新冠中心部分护士合影

援，一时之间让这里的人力变得十分紧缺。有赖于"两库四级"的人力资源调配体系，数十名具备呼吸、传染、重症等相关重点科室轮转经验的护士迅速加入到了新冠中心护理团队当中。这股新鲜血液的汇入，让新冠中心战斗力直线上升。虽然在此之前，她们彼此之间并不熟悉，甚至未曾碰面，但在疫情的号召下，她们都义不容辞，变身成为一名"新冠中心护士"。

在这场没有硝烟的战"疫"中，每一位医护人员都是战士。严丝合缝的防护衣是一身铠甲，白衣战士转身的背影诠释着最感人的逆行。她们脸上深深的勒痕是战斗中留下的最美痕迹，挥洒的汗水是战胜病毒的坚守，是对生命最诚挚的敬仰，更是青春恣意的绽放。

这个春节虽然少了一丝年味儿，却让我们见证了这人间的大爱和温暖。新冠中心所有成员奋战在抗疫的战场，筑成四川大学华西医院坚实的战"疫"防线，切实地履行着自己的职责，用实际行动践行南丁格尔誓言，和全国的同仁一起，共同打赢这场防控疫情的阻击战！

疫情是命令

防控是责任

华西人奔赴前线，护卫家园

他们不畏病毒，坚守岗位

他们撸起袖子，发挥所能

所谓铜墙铁壁

那是一腔热血与赤子之心

化作的坚硬甲盾

——四川大学华西医院心脏大血管外科 叶燕琳

紧急部署，枕戈以待

四川大学华西医院急诊科作为新冠肺炎疫情期间的"前哨"科室，在疫情暴发前便在医院领导的指示下，开始筹备发热门诊。急诊科首先在科内协调18名护士支援发热门诊，从1月17日开始到2月23日，通过护理部的人力调配协助，又有来自全院姐妹科室的25名护士加入到急诊科抗疫工作中。

除夕夜，急诊科叶磊护士长、预检分诊处邹利群护士长、抢救区高永莉护士长、监护室张伟护士长、观察区张建娜护士长纷纷从还没开始便结束的年夜饭中赶赴科室，参与到抗击新冠肺炎作战计划工作部署中。为最大限度地减少院内交叉感染，快速准确识别和救治新冠肺炎患者，在结核门诊、隔离病房、检验放射医技科室以及后勤保障部门等多部门协同下，急诊科迅速进行场地规划、设备调配、帐篷搭建等工作，建立"三级分诊""双诊室""发热抢救室"及"帐篷观察室"，保证对患者的准确、科学分流，及时救治及观察，以及人员排班、就诊流程、消毒隔离、转运交接……事无巨细，一一落实。

得益于多次公共卫生安全事件应急救援的丰富经验，叶磊科护士长深知在这场疫情防控中保障科室医护人员的重要性。他在收到医院开设24小时发热门诊通知后，便迅速组织发热门诊护理人员进行新冠肺炎知识及操作技能的培训，要求按照急诊分区为单位，每个医生、护士、工人、志愿者都必须掌握正确的防控知识和操作。

随着疫情发展，防护物资越来越紧缺，急诊科总务护士李琴对防护物资的使用进行合理分配，根据不同的岗位、防护级别等对防护物资进行分类打包，将防护物资分配到人头，不浪费一件防护用品，确保每一位抗击新冠肺炎的一线工作人员都有可用的防护用品，保障了作为医院防控疫情重要关卡的急诊科的正常运行。

疫情期间，四川大学华西医院发热分诊区

发热门诊护士正在练习穿脱防护服

严守防疫，安全之门

　　门诊部是医院患者就诊的第一关口，人流量大、病种复杂、潜在感染风险高。为了保障四川大学华西医院正月初四门诊的正常开诊，大年初二当天门诊护理管理团队全部到岗，在医院的统一部署下，开始筹备单进单出的患者流动路线管理。

　　为了落实门诊三级预检分诊流程，门诊护理管理团队在各入口、咨询台、医生诊间均要求对进入的每名患者及家属监测体温、询问流行病学史、筛查疑似病例，将疑似病例患者及时送至发热门诊。

　　为了维持良好的就医秩序，保证一诊一患，门诊护理人层层宣传，耐心解释。从门诊入口大屏幕，到候诊区视频与广播，都在不间断循环放送新冠肺炎相关知识，提醒患者及家属正确地佩戴口罩，帮助他们做好防护措施。在繁忙的工作中，门诊护士还不断关心抚慰患者，舒缓患者紧张恐惧的心情，让患者安心。

2月的某一天，一位门诊患者在等待就诊时突然倒地，一旁的门诊护士发现后第一时间冲了上去，给予了及时的急救措施。没想到竟被热心人士用镜头记录了下来，上传到了短视频社交平台，点赞人数达3万余次。事后，那位患者的家属还特地来到门诊，向门诊护士表达了真心的感谢。

门诊护理团队还不断创新，通过科学举措助力疫情防控。他们开展体温精准筛查研究，调查电子体温枪筛查的准确性，得到体温枪测量前臂体温与水银体温计测量腋下体温无临床差异的结果，并将其逐渐推广至全院。

专业的门诊医护团队用爱与无畏的精神，全力保障了医务工作者和就诊患者的安全，筑起了一道严守防疫的安全之门。

门诊护理人在疫情防控第一线

| 育人管物，携手防控 |

四川大学华西医院作为中国西南地区重症疑难杂症治疗中心，即使在新冠肺炎疫情蔓延期间，手术室仍处于24小时运转状态，确保急诊手术的安全开展。在新冠肺炎疫情暴发的特殊时期，麻醉手术中心全体护士、转运工人、保洁人员学习防护装备穿戴、特殊感染急诊手术流程、消毒液的配制、负压手术间处理、特殊用物处理等，做到人人考核过关，只为重如泰山的两个字——安全！

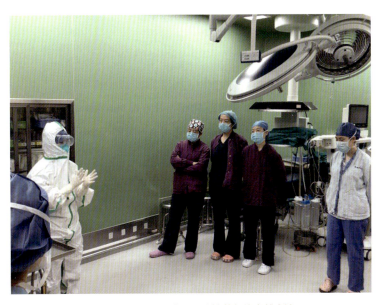

手术室护理团队再次巩固防护装备的穿戴方法

面临防护物资紧缺、临床操作暴露风险大的困境，麻醉手术中心罗艳丽护士长根据现有条件和物资使用情况，将防护物资分为"活期""定期"两库储备："活期库"即按每日使用均量的120%储备，随用随领、班班交接、日日补充；"定期库"即作为预防疫情暴发或大面积开放手术间的储备库，非特殊情况，不得启用。罗艳丽科护士长要求两库动态平衡，所有值班护士长需做到"盘点有数，防护有物"。由此，从"人力"到"物力"，麻醉手术中心全体医护人员携手防控，将外科手术的安全保障工作进行到底。

有的放矢，防患未然

在《新型冠状病毒感染的肺炎诊疗方案（试行第三版）》中，胸部CT（电子计算机断层扫描）扫描检查被列为筛查新冠肺炎的重要手段之一，因此作为新冠肺炎"侦察兵"的放射科也成为疫情防控的第一线。1月17日，四川大学华西医院放射科赵俐红护士长接到了一位武汉回蓉后发热到四川大学华西医院检查的患者。从那一天起，放射科抗疫硬战开始打响！放射科迅速成立了"抗击新冠肺炎应急管理小组"，赵俐红作为科室管理小组成员，协助科室划分出发热门诊患者专用检查室及专用

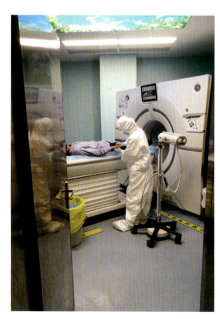

放射科护士为新冠肺炎患者做增强CT静脉穿刺和给药

检查通道、制定发热患者检查流程及防护措施。赵俐红还与设备物资部及时沟通，1月23日起便保证每个检查室都能配备一台专用空气消毒机。

随着放射科CT筛查检查的工作量不断增加，避免交叉感染至关重要。放射科护理团队将检查区域进行了明确划分，确保新冠肺炎患者专用检查通道和普通检查通道不交叉。每个检查区域采取三级防控原则，在医院每栋大楼入口对进入人员初步筛查体温（一级防控）的基础上，各检查区域设立专人负责管控（二级防控），该专岗人员根据各个机房的检查进度和检查区域的空间大小严格控制检查区域的人流量，采取询问方式对进入检查区域的患者和家属进一步筛查；为了避免潜在可疑患者到放射科检查后造成其余人员感染，同时采取机房技师或者窗口护士询问患者近期有无发热和流行病学史的方式予以排查（三级防控）。

截至2020年2月18日，放射科一共排查了发热门诊CT检查病例1 647人次，为确诊新冠肺炎患者检查共计70人次，全院范围内完成胸部CT检查11 589人次。放射科每个护士都坚守岗位，拼尽全力，保障全院安全。

| 暖心之光，照亮阴霾 |

新冠肺炎疫情暴发后，每个人的焦虑和紧张都是加倍的。抗击疫情是场硬仗，大家既要防"身病"，也要防"心病"。抗疫一线的医务人员和志愿者们重任在身，长时间高负荷工作和紧张的心情给他们带来了巨大的心理压力。四川大学华西医院心理卫生中心用实际行动肩负起抗疫责任，做到守土有责、守土尽责。

在护理部蒋艳主任和心理卫生中心孟宪东科护士长的带领下，心理卫生中心开通了对全院医务人员（含本院、规培、实习和进修医务人员）的心理服务热线，保障医务人员能够健康地进行工作。

面向社会公众，心理卫生中心护理团队同样在行动。陈婷主管护师组织心理卫生中心多名具备心理咨询师及心理治疗师资质的护理人员，共同参与"疫情心理专线""疫情在线平台咨询"，为大众提供疫情相关心理危机干预服务，造福广大深受疫情影响的百姓，以实际行动诠释了四川大学华西医院传承百年的"家国情怀"。

面对从未经历过的新冠肺炎疫情，每个人的心里都笼罩着一层厚厚的阴云，心理卫生中心护理团队用专业与爱心点亮了一盏灯，灯光冲破重重"疫"霾，照进心灵深处。

抗疫后援，生命的"转运军"

在四川大学华西医院，有中央运输科这样一支特殊的队伍，他们佩戴着对讲机，负责全院患者的入院、陪检、送药、运送标本等后勤工作。他们不是医生，却是抗击新冠肺炎疫情期间的"转运军"，直面新冠肺炎患者，默默地为疫情防控工作做贡献。

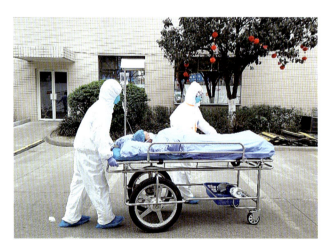

中央运输员正在陪同患者外出检查

疫情袭来，19名运输员勇担使命，主动报名加入新冠肺炎患者转运小组，成为离病毒最近的一群人，其中9名运输员负责急诊发热门诊患者的入院、陪检、运送标本等工作；另外10名运输员负责新冠中心患者的外出陪检、运送标本、送药、传递医疗文书等外勤工作。

新冠病毒传染性强，运输员在推送患者、收取标本时会近距离接触，存在职业暴露和交叉感染的风险。为了最大限度地保证转运工作的安全，中央运输科对运输员的每一项工作都制定了规范的流程和应急预案。同时中央运输科通过"线上+线下"的方式，先后组织5次新冠肺炎防护理论和技能培训，不定期通过电视循环播放、手机视频、微信等方式向运输员传递新冠肺炎相关防控知识。在练习正确穿脱防护服，规范摘戴口罩、帽子、手套、护目镜和防护面罩等防护技能方面，王立科护士长手把手现场指导，确保达到人人过关，力求在保证患者安全转运的同时，实现运输员"零感染"的目标。

"虽然我不是医生，但作为医院的后勤员，患者生病了，我也应该冲到前面去。兵怎么能不上战场呢？"中央运输科工人代表张凤朝如是说。虽然没有战"疫"一线医护人员的显赫战绩，但华西"转运军"凭着脚踏实地的工作、对本职岗位的责任与担当，为新冠肺炎患者的院内安全转运保驾护航。

洗兵牧马，后勤保卫

"报告护士长，今天消毒组回收了疑似新冠病毒污染护目镜33个、面罩1个、正压头套3个；洗浆组收送了3 000多套医护人员工作服……上述均已按程序进行了清洗消毒。"2020年2月28日，在四川大学华西医院消毒供应中心，值班人员正向护士长汇报着当日的工作情况。作为四川大学华西医院重要而有些特别的后勤部门，整个中心工作人员共计200余人，承担着院内各科室所有重复使用的诊疗器械和物品的清洗、消毒、灭菌及无菌物品供应的工作。

合格的器械和物品是保障医护人员安全治疗的第一道防线，在新冠肺炎疫情期间更是如此。由于新冠病毒传染性强，上述物品的清洗频次都有所增加，特别是布类物品。在新冠肺炎疫情期间，消毒供应中心每天都会收送3 000余套医护人员的工作服，工作量比往常翻了一倍，这还不包括换洗的床单。

物品的回收、分类、洗涤、烘干、熨烫、折叠、灭菌、包装、配送，每个环节都由消毒供应中心内的不同小组负责，这也意味着每个小组面对的风险和所需的防护标准不同。在整个流程中，物品的回收环节是最危险的，因此这群工人们需要二级防护措施；而物品的包装、配送相对安全，因此这类工人采取标准防护即可。

"我是消毒供应中心负责回收感染病区医护人员工作服的工人，虽然做的是后勤工作，但也算是为疫情防控出了一点力吧！"在特殊污染布类清洗间的入口，一名工人拉着装满工作服的运输车说道。

初春的成都并不算温暖，偶尔吹来的阵阵寒风甚至让人觉得寒冷，但消毒供应中心工人们坚定的眼神、忙碌的身影却像暖阳一样，温暖人心。医护人员在前线奋战，而华西后勤人员也在后方默默坚守，为抗疫的胜利提供强有力的安全保障。

志愿服务，守土有责

新冠肺炎疫情期间，有这样一群人，他们被亲切地称为"大白"和"蓝精灵"。由于四川大学华西医院对各大楼通道的出入口和进出人员实施了科学管控，随之而来的是管控岗位人员的空缺，急需大量志愿者帮助监测流动人员体温、排查流行病学史。各个科室的医护人员都积极报名，为建立抗疫安全防线贡献出自己的一分力量。

重症医学科护理团队利用休息时间参与志愿者服务工作。从清晨7点半开始，到傍晚时分，都能看见他们的身影。他们或分布在门诊，或分布在住院部，或分布在急诊科，他们有的穿白色防护服，有的身穿蓝色隔离衣，连续服务4小时只为全院健康严把第一道关。

日间服务中心的护士长、护士、科秘书等共25人，他们利用工作间隙、休息日，完成了共计145个工作日的门诊志愿者工作。从一门诊到二门诊，从大门外通道到咨询台，从楼层通道到电梯出入口……都可以看到日间志愿者护士的身影。她们开玩笑说："穿上这全副武装的防护服，可能亲妈从面前过都认不出来了。"但她们又说："不需认出我是谁，只需知道我是为了谁。"因为只要心中有战斗，哪里都是战场！

中西医结合科门诊志愿者正为患者测量体温

　　中西医结合科患者数量多、病情重，值班护士工作量原本就极为饱和，可当医院团支部发起志愿者报名通知后，科室几乎所有护士都报名加入了志愿者服务队伍。她们利用自己的休息时间，到发热门诊争当志愿者。虽然没能亲临前线，但大家希望在后方也能贡献一点力量。

　　华西护理人不仅在本职岗位上恪尽职守，还心怀大家。正因为有了这些可爱的"大白"和"蓝精灵"的默默付出，华西的患者、医务人员的健康与安全才有了保障。

热血难凉，为爱担当

　　新冠肺炎疫情给社会带来的影响不仅仅是感染人数的增加，由于大众都处于居家隔离状态，无偿献血人员数量骤减，血液库存告急，但用血刚需持续存在，恶性肿瘤、血液病、孕产妇、意外受伤等患者在医疗急救中都需要输血，每天采集的血量远不能满足他们的需要。

　　就在这紧要关口，在四川大学华西医院各科室的号召下，多个科室的护理人员不断加入到无偿献血队伍中，只为挽救垂危的生命增添一丝希望。

四川大学华西医院血液内科医护人员献血的身影

来自血液科的护士说："这是我关爱这个世界的一小步，一直希望有一天可以用自己的微薄之力去帮助那些困境中的人，献出的血虽然有限，但我们献出的爱是无限的。"

来自肿瘤科的姐妹们说："我只需要卷起袖子，只需要鼓起一些勇气，就可以为别人的生命带去更多的希望。身为医护人员，我们深知临床用血的不容易，只要能够用自己的热血支援抗疫，挽救生命，我们就心满意足了。"

来自手术室的护士说："生命若有颜色，是天使身上的白色，消防员身上的橙色，解放军身上的绿色，还有源源不断输入病人身体里滚烫的红色……"

手术室医护人员献血的身影

涓涓细流汇成江海，当义务献血者的血液在患者身体里缓缓流淌，为生命奏响美妙的声响时，一切都是值得的。疫情面前，所有华西护理人暂时收起了眼泪，勇担使命，心里总是牵挂着血脉相连的兄弟姐妹，胸腔跳动的永远是一颗滚烫热血的中国心。

如果爱心可以凝集成水滴，那么四川大学华西医院会迎来一场倾盆大雨，冲刷掉疫情中的无助；如果每一点力量都是一缕阳光，那么华西坝上空将会艳阳满天，驱散疫情的阴霾。一颗星星布不满天，一块石头垒不成山，正是因为所有华西护理人的坚守与奉献都汇集在一起，才能构筑这新冠肺炎疫情中华西的生命之盾！

本章素材部分源自四川大学华西医院肝脏外科：吴孟航；四川大学华西医院中心ICU：王春燕；四川大学华西医院心脏大血管外科：冯凰、叶燕琳；四川大学华西医院肿瘤中心：谢玲玲、韩满霞、范红英；四川大学华西医院内分泌代谢科：李饶；四川大学华西医院疼痛科：张月儿；四川大学华西医院急诊科：谢娟、朱玲、高永莉；四川大学华西医院放射科：伍冬梅、赵俐红；四川大学华西医院综合科：杨蓉；四川大学华西医院门诊部：宋洪俊、冯尘尘、苟悦、门新璐；四川大学华西医院麻醉手术中心：刘昕月、黎绍建、王恒；四川大学华西医院日间服务中心：蔡雨廷、戴燕、黄明君、石玉兰、张雨晨；四川大学华西医院中西医结合科；四川大学华西医院血液科：贾蕾；四川大学华西医院腹部肿瘤科：潘粤川；四川大学华西医院中央运输科；川报观察；四川大学华西医院消毒供应中心；四川大学华西医院心理卫生中心；四川大学华西医院传染科；四川大学华西医院结核病房。

（本章编辑：叶燕琳）

第四章
海外战场

山川异域，风月同天。家国有界，情义无间

第一节
不打无准备的仗

一地一城疫魔中
千家百国命运同
华西护士赴战场
山河有恙爱无疆

——四川大学华西医院急诊科 张建娜 叶磊

"当前，国际社会最需要的是坚定信心、齐心协力、团结应对，全面加强国际合作，凝聚起战胜疫情强大合力，携手赢得这场人类同重大传染性疾病的斗争。"2020年3月26日，习近平总书记在二十国集团领导人应对新冠肺炎特别峰会上对全球战"疫"做了重要讲话。

经过两个多月艰苦卓绝的战斗，国内疫情日趋渐稳。而新冠肺炎疫情却在全球多点暴发，迅速蔓延，人类的发展面临严峻挑战。大疫当前，习近平总书记提出的"人类命运共同体"理念，愈发凸显出其现实意义和时代价值。世界各国直面挑战、团结协作才是打赢全球疫情阻击战的命运之匙。我国始终重视国际合作，第一时间分享病毒信息，在他国需要帮助时提供物资援助、专家指导，分享抗疫经验。

"家国情怀，平民情感"，在与世界携手抗疫的路上，华西护理人也不曾缺席，他们严阵以待，只需一声号令，华西护理人必定义无反顾、勇往直前！

| 医疗队也是特种部队 |

"丁零零，丁零零……"3月19日凌晨，张建娜的美梦被急促的电话铃唤醒。

"张建娜，你好！四川大学华西医院第二批援外医疗队已成立，你被推选为救援队护理队员……"

"好的，谢谢组织信任！我已准备就绪，随时可以出发！"

疫情就是命令。短短的时间里，像张建娜一样的队员们在一声号令下迅速集结。这支队伍曾经历过无数次大大小小突发应急任务的考验，面对任何任务他们都信心满满。可这一次又有所不同：任务目的地为海外，可谓是"人生地不熟"；由于具体的援助形式、内容仍在讨论之中，具体任务尚不明确。

海外支援！这意味着这支队伍可能会面临物资无法持续补给的困难、不同语言的沟通障碍、各种未知的突发状况、难度成倍增加的准备工作……一系列的困难和对策，迅速在这次援外医疗队护理总指挥——护理部蒋艳主任的脑海里一一浮现，一条条指令清晰无误地迅速发出。一个高效的护理团队正像特种部队一样在行动。

火速集结，整齐划一。3月20日早晨，151名护理队员连同100名医技管队员准时出现在四川大学华西医院多功能厅动员会的现场。带队领导曾勇副院长的讲话简单干脆，让所有队员都深刻认识到未来任务的艰巨、责任的重大和未知任务的困难。200多人的会场鸦雀无声，大家静静地接受指令，默默地计划着"我应该怎么做好准备"。动员会结束，200多名队员即刻分头行动着手自身和队伍的准备工作。现场还有后勤部门为队员们连夜准备的携行物品在集中装箱，可能人们都不会知道几分钟前这里发生过一场沉甸甸的海外医疗救援任务动员会。

"不以规矩，不能成方圆"。从凌晨1点接到任务指令起，急诊科科护士长叶磊作为本次海外任务护理组执行队长就开始了思考。第一个摆在他面前的问题就是如何把从全院调集的151名精兵强将管理好，形成一支真正的护理"特种部队"。具有多次国内外灾害救援经验的他首先想到的便是"不以规矩,不能成方圆"这句话,建立严格的组织纪律和行为规范,是维护大国形象、树立华西风貌的重要工作。因此,一份"四川大学华西医院第二批援外COVID-19[①]抗'疫'护理组组织纪律公约"在他脑海里逐渐成形。远在武汉一线抗击疫情的重症医学科科护士长田永明、身在意大利指导疫情防控的小儿ICU护士长唐梦琳也加入到协同备战的队伍中,即使在凌晨也坚持和叶磊进行网络连线,三人共同对此次海外任务进行分析讨论,将已有的武汉经验和意大利现状信息充实到准备计划中。

分组搭配,纵横协作。蒋艳主任在任务之初便意识到,151人的队伍如果没有合理的构架,战斗力将会被大幅度削弱。根据此次任务的特殊性,蒋艳主任及其团队设计了一个纵横结合的队伍架构,纵向形成了"总指挥—执行指挥—小组组长—组员"的四级管理架构。纵向小组以10人为一小组,设一名组长,负责从准备期到具体工作前的小组管理(包括生活纪律要求、信息传达、小组团队建设等)。在小组划分时总指挥对队员职务、职称、年龄年资、专业特长、工作经历、性格特点等因素充分考虑后,进行合理搭配,以便尽力保持小组在各方面特征上的均衡,也方便在到达海外目的地、明确具体工作方式后能够尽量将该小组简单调整后移植为临床工作组。横向组建了包括组织管理组、物资管理组、临床亚专业组、院感组、宣传组等在内的7个工作组。7个横向工作组在指定负责人的组织下,在151人里招募组员开展具体工作。例如组织管理组一经成立便提出了小组团队建设建议,审议并通过了《纪律公约》,在心理学专家指导下参与设计了《援外医疗队心理建设工作方案》等;临床亚专业组考虑到在严密防护下的工作难度,为团队整理了各项关键护理技术的简明流程图……华西护理人用一如既往的专业与实力,被甲枕戈,养晦待时。

---

① COVID-19:Corona Virus Disease 2019,即新型冠状病毒肺炎。

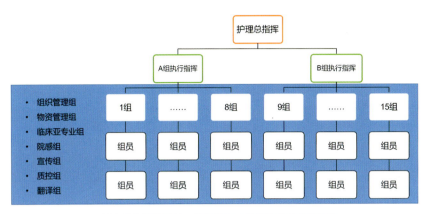

四川大学华西医院第二批援外医疗队护理团队组织架构

兵马未动，粮草先行

俗话说"兵马未动，粮草先行"，后勤保障、物资准备是这次备战任务的重中之重。谁来负责接手这个沉甸甸的担子呢？蒋艳脑子里自然而然地浮现出几个骨干队员的名字——安晶晶、张建娜、徐英、崔文耀，他们是灾害护理硕士、EMT核心队员、院感护士、护士长……这个有着丰富临床管理、医院感染管理、救援队管理经验的物资管理小组正式成立。

医疗队物资的准备需要考虑任务目的地现状、具体任务类型、任务周期、队伍结构等因素。为了做好周全准备，安晶晶、张建娜、徐英、崔文耀积极通过海外专家、海外同行好友、权威媒体广泛搜集海外疫情信息。根据世界卫生组织疫情报告，截至欧洲中部时间2020年3月19日23：59（北京时间2020年3月20日6：59），海外新冠肺炎确诊病例累计达到152 773例，当天全球累计确诊病例已经超过23万例，中国以外的累计死亡病例达到6 587例，海外抗疫形势严峻，医疗队救援任务难度大。在充分整合海外疫情信息基础之上，物资管理组分析了可能的任务目的地，以及其援助需求和任务类型，充分考虑了海外任务的困难性，并广泛征求队员建议。与此同时，先前派往意大利，以及中国武汉、成都市公共卫生临床医疗中心的护理组不断提供着宝贵的实战经验：什么类型的除雾工具保持眼罩清晰效果最佳，什么类型的敷料对于减少因防护用品使用造成的压力性损伤效果最理想，长期穿戴防护服工作最适合带哪些护肤品……最终，按照任务情况及任务周期的最理想、最困难两种情况，物资管理组向医院提出了两套方案，供医院设备物资部参考准备。

四川大学华西医院官方微博上一条亮眼的消息吸引了四位物资管理组队员的注意——"一款'限量款挎包'在四川大学华西医院援鄂医疗队中流行起来……"原来，为了提高工作效率，前往武汉一线抗疫的同事们就地取材，利用空的矿泉水瓶和绳子自制了挎包，存放工作中随时需要使用的笔、对讲机等，以克服防护服没有口袋的缺点。自制"限量款挎包"是同事们在一线的智慧改造，而让有时间准备的出征队伍看到的则是现场工作环境的艰苦。四位物资管理组队员也暗下决心，一定尽可能让队员在最便利的环境下使用高效的物资装备工作，物资准备一定要考虑得足够细致，不留死角。四位负责人详细讨论物资品类，对每件物资的参数逐一进行细致确认，除雾笔、小挎包、眼镜防滑硅胶套……3月20日，在最短时间内医疗队完成了个人携行物资清单的拟定，包括了生活物资和工作装备两个大类，服装、生活卫生用品、个人常备药品与食物等五个小类，共计71个品种。其中生活卫生用品还被细心的物资管理组按男女队员需求进行了分类准备。物资管理组随即向全体护理队员公示了携行装备物资准备情况，说明个人物资准备原则，方便大家对一些个性化物资进行补充。同时，4位负责人也把来源于抗疫一线的关于个性化物资的宝贵经验毫无保留地与全体队员分享。

有了清单，装备准备就有了方向。根据物资管理组的携行装备清单，医院设备物资部立即着手筹备，四处联系供货商，挑灯夜战为200多名队员的携行装备装箱。"安老师，因为疫情原因，除雾笔供货不足，有没有替代方案？""张老师，请立即来库房看看这个敷料是否符合医疗队工作要求？"这份清单的准备放在平时货源充足之时完全不是问题，可现在受限于疫情，部分品类从数量和质量上并不能完全满足医疗队的高标准要求。设备物资部联络人随时都需要和4位物资管理组负责人沟通调整方案。安晶晶、张建娜、徐英、崔文耀4位负责人不时地需要亲自在装箱现场检查物资，协助装箱。终于，200多个28英寸（1英寸=2.54厘米）行李箱、背包、若干团队公用物资在多功能厅里一字排开……此时距离受命组建这支队伍，还不到48小时，四川大学华西医院第二批援外医疗队已整装待发！

华西护理人的"精兵计划"

"业精于勤，荒于嬉"。再强的兵，再资深的专家，也需要不时复习巩固自身的专业知识和技能，才能做到百战不殆。

一场特殊的会议让护理部主任蒋艳的"精兵计划"更加笃定。3月21日21：00，15名华西护理骨干或在医院，或在家，或在驻地都如约进入网络会议室。华西医院—成都公共卫生临床医疗中心—武汉大学人民医院东院三地连线，一场新冠肺炎抗疫经验交流会如火如荼地开始了。通过网络见到许久不见的战友，身在成都的同事在激动的同时，更是有无数个问题想要向远在武汉的同事请教。会议在蒋艳主持下有序地进行。正在执行援鄂任务的同事们纷纷就新冠肺炎患者的临床特点、主要治疗护理措施、临床注意事项、质控经验等不断支招；身在华西的同事们还特别关心队伍组织建设和管理工作，一直向战友们取经。会议接近尾声时，关于如何在国外护理新冠肺炎患者成为大家讨论最热烈的话题。不知不觉间，这场会议持续了整整两个小时。通过这次激烈的讨论和交流，蒋艳主任也意识到：虽然第二批援外医疗队集结的都是骨干护士，可大家都来自不同科室，在组成一个新的团队时非常有必要将曾经培训过的新冠肺炎相关的关键护理技术再次温习，例如，防护用品穿脱、重症监护技术、俯卧位通气技术等。

经过网络会议的梳理，临床亚专业组收到任务：在最短时间内将有可能用到的关键护理技术规范流程以及质控要点整理成册，供151名队员在备战期间进行学习。收到任务的第一时间，急诊护士、ICU护士、

ECMO护士、CRRT（连续性肾脏替治疗）护士、血糖管理护士、院感护士、心理专科护士、康复护士、VTE（静脉血栓）防治护士、伤口护士、静疗护士……一位位专科护士迅速行动，以最快的速度再次梳理技术规范流程和质控要点，并整理成册——《呼吸机操作流程》《人工气道管理规范核查表》《压力性损伤管理规范》《CRRT机器报警处理规范化流程》《俯卧位通气规范化流程》……便于转发给全队队员学习。

"穿上防护服工作后感觉自己的智商都下降了"——抗疫一线同事的一句玩笑话让临床亚专业组尤为重视。密闭的防护服往往会削弱医护人员感官的敏锐度，影响医护人员的判断与决策。因此为了方便备战期间队员们的学习，所有规范流程全部都以简明扼要的流程图形式呈现，便于在到达任务目的地时能够张贴到显眼位置帮助临床工作。

除了线上学习资料，医院人力资源部也抓紧利用宝贵的时间向所有队员开展了为期3天的战前培训。考虑到正处于疫情期间，培训形式既有现场讲授，又有网络直播，内容涵盖两场4个学时的理论讲座，如新冠肺炎疫情特点、最新版《新型冠状病毒肺炎诊疗方案》（试行第七版）解读、医院新冠肺炎隔离病房临床经验、援助武汉抗疫华西医疗队救治经验、外事要求、语言培训等，以及防护用品穿脱训练。针对新冠肺炎疫情期间如同"基本功"一般的穿脱防护用品，全体队员在培训后均进行了一对一考核，力求做到人人掌握、人人过关。

由于即将前往不同于国内医疗体系的其他国家，第二批援外医疗队可能会面临医院环境的改造任务，对于空间清污划分，医护人员、患者、医疗废物"三通道"的管理尤为重要。因此，院感组在医院统一安排的基础上，还特别邀请了医院资深的传染病房管理专家王颖带领大家到传染科病房实地参观，学习了空间划分与流程动线管理，并桌面推演如何在应急情况下迅速将普通病房改造为合格的新冠肺炎患者收治中心，这样难得的实操机会让队员们的业务知识得到了提升，更有信心应对未来的援外任务。

病毒没有国界，人类是一个休戚与共的命运共同体。在灾害和全球疫情面前所有个体都显得那么渺小。在国内疫情防控形势向好之时，中国彰显大国担当精神，挑起共抗新冠肺炎疫情的一方责任，积极响应国际社会最迫切的需求：派出专家团队、援助抗疫物资、分享防控经验等。虽然最后由于各种原因第二批援外医疗队未能成行，但四川大学华西医院护士在这场全球战"疫"中积极响应国家号召，勇敢地站在了第一线。华西护理人再一次用行动向世人宣告——华西护理人有责任、有担当，华西护理人时刻准备着！

护理团队进行桌面推演培训

第二节
援意纪事

军号吹响整戎装

赴汤蹈火上战场

舍生忘死抗新冠

有情有爱有担当

——四川大学华西医院小儿ICU 唐梦琳之女

2020年3月11日—3月26日，由国家疾控中心、四川大学华西医院、四川省疾控中心等单位组成的中国红十字会志愿专家团队，在中国红十字会一名副会长带队下，紧急集结前往意大利进行抗击新冠肺炎的国际支援。四川大学华西医院作为执行首批援助任务的主力单位，派出了在国内新冠肺炎攻坚战中积累了丰富一线救治经验的呼吸系统疾病专家梁宗安教授和重症医学护理专家唐梦琳教授执行该项任务。作为专家组里唯一的护理专家，唐梦琳用她丰富的临床经验、扎实的业务能力、精益求精的工作理念，为国际救援奉献了华西护理人的智慧和力量。

身披国旗，光荣出征

从接到通知前往意大利援助到出发，还不到18个小时。医院各相关部门紧急动员，从物资准备、工作交接，到家庭协调，事无巨细，尽显医院温暖；临行前学校及医院领导的大力鼓舞和殷切叮嘱、时任四川

专家组临行前，时任四川省省长尹力（左六）及华西医院院长李为民（左三）等人送别留念

省人民政府省长尹力在登机前亲自送行、飞机起飞前与中国红十字会会长陈竺的视频连线，都给了专家组一颗"定心丸"，让专家们无后顾之忧，全力以赴抗击疫情。

唐梦琳拥有27年临床工作经验，是科室管理、感染防控、重症护理、儿科护理、静脉治疗等领域的资深专家，她承担了这个光荣且艰巨的任务。"军号吹响整戎装，赴汤蹈火上战场，舍生忘死抗新冠，有情有爱有担当"是远在英国留学的女儿在唐梦琳出征前写给她的诗，也是唐梦琳内心的真实写照。她怀着激动、复杂的心情迅速调整自己的状态。如何利用27年来在重症医学科积累的患者护理和科室管理经验，结合意大利本国环境因地制宜提出意见，是唐梦琳在出发前思考最多的问题。她说："我是一名中国共产党党员，时刻牢记自己的使命，听从党的指挥，这是我在重症医学科工作27年所积累经验的用武之处，也是组织对我的一次考验。"

| 倾囊相授，战"疫"交流 |

经历13个小时的长途飞行，支援专家组一行9人在意大利当地时间3月12日晚上10点31分抵达罗马，中国驻意大利大使和意大利红十字会负责人到机场迎接，携行的物资也交由意大利确认、接收。在与意大利卫生部、意大利红十字会及其他相关部门建立密切合作联系下，专家组进行了明确的组内成员分工，唐梦琳主要负责医疗护理经验介绍，并做好全队人员感染防控工作。为了了解意大利当地医疗体系与疫情防控的现状，专家组在近半个月的支援工作中，辗转前往意大利多个地区和多家医院，考察了不同医院收治新冠肺炎患者的实际情况，并将中国针对新冠肺炎诊疗的最新经验《新型冠状病毒肺炎诊疗方案》（试行第七版）带到各所大学及医院进行分享和深入交流，分享中国抗疫经验，共同推进意大利疫情防控工作。

到达意大利后，专家组首先前往位于罗马的意大利传染病医院，看望了在意大利旅游时发病而接受治疗的一对中国武汉籍夫妇，他们曾一度因病危转入重症监护室，所幸在意大利医护人员的照料下恢复得很好，康复在即。得知中国派来了支援意大利的专业医护人员，他们表示非常幸运也非常自豪。下午专家组去往罗马大学医院，通过座谈，了解

专家组成员在帕瓦多医院进行实地考察，并与当地医务人员交流

意大利的公共卫生政策体系、疫情指挥体系和分层诊疗措施，意大利工作人员明确表示接纳专家组的建议，将着手改造传染病房的三级防护设置，提高公众和医护人员的防控意识。

3月15日，专家组参观了意大利红十字会的大仓库，与意大利红十字会相关人员讨论了之后的工作计划和安排，就两国疫情防控工作进行交流。3月16日，在中国驻意大利大使馆学术厅，专家组在线直播了关于新冠肺炎居家隔离的重点和要求，超过13万旅意华人和意大利人民在线收看。梁宗安教授介绍了新冠肺炎的基本知识和诊疗要点，强调了居家隔离的重要性；唐梦琳通过亲自示范的方式为网友详细介绍了"7步洗手法"的操作步骤，帮助大家纠正错误的洗手观念和方法，将最经济便捷的新冠肺炎防控措施的作用发挥到最大化。祖国的强大也让身处异国他乡的海外游子倍感踏实。

专家组成员在罗马大学附属第二医院进行交流

3月17日，专家组接到指示，北上意大利疫情最严峻的帕多瓦、米兰等地进行实地考察。到达帕多瓦后，专家组兵分三路：一组去当地政府了解疫情防控的整体政策和运行情况，一组去了解当地医疗机构对新冠肺炎患者的救治情况，一组去了解当地新冠肺炎的流行情况，只希望能在最短的时间内开展最有效的工作。其中，梁宗安和唐梦琳的任务是前往帕多瓦大学医院，听取当地行政长官介绍大区内新冠肺炎患者收治情况，并深入隔离病房红区进行查房，实地考察患者的情况。当时帕多瓦医院内收治了24名新冠肺炎的危重症患者，全部进行了气管插管有创呼吸机辅助呼吸，同时部分患者开展了俯卧位通气和纤支镜吸痰技术。两位专家就肺功能较差的患者实施俯卧位通气治疗问题与意大利医生进行深入探讨，目前医学界对开始实施时机、实施时长、结束时机等都未达成共识，四川大学华西医院重症医学科对该类患者基本实施12个小时的俯卧位通气治疗，而意大利普遍采用16个小时，以减少在患者变换体位时各系统功能不稳定造成的不良影响，同时减少医护人员的工作量。虽然双方对俯卧位通气实施时长有不同意见，但是对体位改变后的床旁持续半小时密切监护，特别是呼吸道的管理是一致认可的。

3月19日，专家组到达意大利疫情最严重的地区——米兰，与中国援意大利的浙江医疗分队完成会合，重新建立中国援意大利医疗队组织体系，由中国驻意大利大使馆党委领导和专家组孙硕鹏领队统一调度医

专家组成员北上转移途中，当地民众自发点赞

疗队在意大利的行动。同胞伙伴的加入让华西医院专家组安心了不少，同时，肩上的担子也重了些，怎样在保护医疗队全体成员身体健康的前提下更好地完成支援任务，这始终是萦绕在每个人心中的难题。到达疫情最严重的伦巴第大区，专家组了解到当地的疫情防控形势不容乐观，民众防控意识亟待提高，对于戴口罩这个最简单的防护措施接受度不高，民众认为戴口罩是确诊患者才应有的行为，街头还是可以看到聚集的人群，公交车还在运营。经过专家组不断的努力，意大利防控措施不断加强，原来熙熙攘攘的街头逐渐出现了"空城"的情景，民众也开始接受了戴口罩等防护措施，中国在抗击新冠肺炎积累的很多经验也被意大利人民学习使用，新发病例数、死亡病例数连续两天小幅下降，援意抗疫工作取得阶段性胜利。

中国专家组成员和意大利红十字会成员在中国红十字会会旗上签名，并进行会旗交接、合影

3月24日下午，首批援意抗疫医疗专家组全体成员结束在意大利的工作，3月25日启程回国。与意大利红十字会主席电话联系通报回中国的安排后，专家组收到了罗卡主席真诚的感谢，表示意大利愿与中国像兄弟

姐妹一样并肩战斗，直至战"疫"取得最终的胜利。当初从国内启程时，专家们从未规划过归期，只知道任务在肩，何时完成何时才可以谈回家。在这次特殊的出差任务中，唐梦琳说："我体验过很多的第一次，第一次上中央电视台新闻、第一次不得不剪去自己心爱的长发、第一次有代表国家的行为，这都是我宝贵的人生财富……其实我能做的事情实在有限，可是我想把自己能做的事情做到最好。"通过坚持不懈的工作，专家组在意大利期间的努力真实地展现在了两国民众的眼前，让大家对新冠肺炎疫情的真实情况和客观形势有了更加清晰的认识，专家们的专业、认真、敬业、无私、无畏给意大利各界民众留下了美好的印象。

爱无国界，友谊长存

中国和意大利两国素来有友好交往的传统，在2008年中国汶川地震发生后意大利派遣专家组成员协助救援，两国近年来不断的交流互访，两国医务人员之间的研修学习、人才引进，以及中意双方在医疗技术、科学研究、人员培养、医学教育、科室共建等领域的全面合作，都是联结两国友谊的纽带。

专家组成员驻地酒店准备的欢迎及感谢词

援意大利专家组启程前，心中不可避免抱有一些忐忑，此次援意之行会对意大利本国疫情控制有何成效，不同国家间文化的根本差异是否会阻碍医护人员间的有效交流，援助工作是否会因意大利民众"崇尚自由"的文化氛围而受到阻碍等都是未知数，这一切的担忧，都在意大利人民传达给专家组们无尽的善意后烟消云散。

意大利少女手绘的漫画

　　从专家组入驻罗马当地酒店后，发现酒店人员留下的"美好欢迎和祝愿"，到害怕中国成员无法适应西方餐食，精心准备"番茄煎蛋汤"，以及饭后用心准备的中国水果和甜点，缓解了成员们的思乡之情。与此同时，身在意大利的唐梦琳收到了来自华西坝的老同学们的叮咛和祝福，给予她无限能量，让她能勇往直前。

　　在专家组北上去往意大利疫情最严重的地区途中，发生了一件非常令人感动的事情：专家组乘坐的大巴车停下等红绿灯时，旁边的一辆小车司机摇下车窗，不停地向中国专家双手竖大拇指比赞。他的举动感染了路边的两位行人，他们也通过手势不断表达加油和感谢。此外，网络上意大利人民的真挚感谢也随处可见，甚至还有纯真少女手绘的漫画。在共同的"敌人"面前，爱总是不分国界，友善的能量会不断指引前行的路。相信专家组在意大利到过的每一个地方，见过的每一个人，留下的每一点足迹，都不会让意大利人民忘记曾经有中国人在危难时刻无私奉献的善意和努力。愿人间早日告别"疫"霾，让阳光普照人世间每一个角落。

第三节
情满亚丁湾

青山一道同云雨

明月何曾是两乡

——节选自王昌龄《送柴侍御》

2020年4月16日，应埃塞俄比亚和吉布提政府邀请，中国抗疫医疗专家组一行12人从成都启程，远赴非洲协助开展新冠肺炎疫情防控工作。专家组由中国国家卫健委组建、四川省卫健委选派，四川大学华西医院曾勇副院长任专家组组长，肩负祖国的重托，携带防疫医疗救助物资，远赴万里之遥，驰援非洲。

自疫情暴发以来，作为四川大学华西医院护理队伍总指挥的蒋艳主任一直战斗在第一线，她不仅带领护理团队筹建华西新冠中心，还指导四川省广安市人民医院、成都市公卫中心的新冠肺炎患者救治及防控工作，先后多次调配院内护理人力资源积极响应抗疫工作。当全球疫情肆虐之时，她又挺身而出，毅然选择逆行出征，奔赴环境更恶劣、疫情更凶险、防控更艰辛的国际战场，以卓越的护理领导力、丰富的实战管理经验、扎实的专业知识、先进的防控思维，在遥远的非洲谱写了一首来自华西护理人的感人赞歌……

| 肩负使命，向疫前行 |

当地时间4月16日下午3时，飞机降落在埃塞俄比亚首都亚的斯亚贝巴博莱国际机场。一下飞机，迎面扑来的是炙烤的热浪和埃塞俄比亚政府与人民隆重的欢迎仪式。专家组在机场和埃塞俄比亚卫生部部长莉亚、外交国务部部长莱德万、世界卫生组织驻埃塞俄比亚办事处代表哈

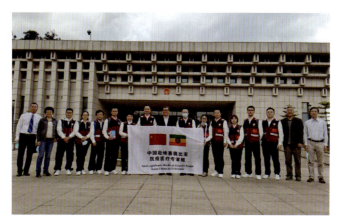

专家组与中国驻埃塞俄比亚大使馆工作人员合影

蒋艳与中国驻埃塞俄比亚大使谈践合影

中国专家组在非盟总部大厦合影

马进行简短的交谈后，在埃塞俄比亚抗击疫情的序幕拉开了。

埃塞俄比亚位于非洲东北部，地处撒哈拉以南非洲和阿拉伯非洲的交汇点，是非洲文明古国之一，有"非洲屋脊"之称，平均海拔3 000米。截至2019年8月，这里有1.05亿人口，是非洲第二大人口国，同时也是世界最不发达的国家之一，以农牧业为主要经济支柱，国家整体经济情况落后。中国与埃塞俄比亚是全面战略合作伙伴关系，中国帮助埃塞俄比亚抗击疫情，对于构建人类命运共同体、实现"一带一路"倡议具有重要意义。埃塞俄比亚公路两旁随处可见中国的援建项目，让蒋艳觉得熟悉而亲切，也倍感肩上的责任和使命重大。

因地制宜，科学援助

亚的斯亚贝巴是埃塞俄比亚的首都，海拔2 400米，全国70%的医疗资源集中于此。整个国家以农牧业为主要经济支柱，基础设施薄弱，资源匮乏，公共卫生设施简陋，营养不良发生率高，全国几乎没有自己的口罩生产企业，消毒用品大部分依赖进口。当地老百姓很多都是靠每天打工，以日收入为生；用水设施和水资源极度匮乏……这一切都对新冠肺炎疫情防控提出了巨大的挑战。在埃塞俄比亚的爱菲医院和提露内

脚踏式简易洗手装置

丝—北京医院自制的脚踏式洗手装置，成为宝贵的"流动水"资源。蒋艳及医疗专家组意识到，不能照搬中国抗疫的成功经验，必须挖掘埃塞俄比亚本土的潜力，因地制宜、精准施策，既保证社交距离、手卫生、佩戴口罩等疫情防控有效措施的落地，又能预防和减少因停工停产引发的次生灾害。在医疗和防护物资缺乏的情况下如何控制疫情的蔓延，防止轻症转向重症，几者的平衡才是埃塞俄比亚抗疫的关键和难点，这也是医疗队面临的一场大考。

专家组向非洲联盟非洲疾病预防控制中心介绍华西抗疫经验

　　为了完成这场大考，蒋艳和专家组成员一起马不停蹄地奔走在埃塞俄比亚的抗疫一线。同非洲联盟非洲疾病预防控制中心、世界卫生组织驻埃塞俄比亚办事处、埃塞俄比亚卫生部、公共卫生研究所官员进行深度交流和座谈，就患者及密切接触者追踪方案、社区管理、样本采集、转运和检测、诊疗护理方案、医护人员调配和轮换、个人防护物资设备与负压病房缺失替代方案、尸体处理等问题进行了详细讨论和交流。深入一线，到新冠肺炎定点收治医院、隔离中心、方舱医院等进行实地查看和走访，根据当地的实际情况，对三区两通道的设置、个人防护用品的使用、医疗废物的处理、消毒隔离、医务人员管理等提出了切实可行的建议方案。通过病例讨论，专家组分享了临床诊治护理经验。线上线下培训相结合，为当地170所医疗机构以及周边非洲国家开展针对性培训。在全面深入了解埃塞俄比亚疫情防控的基础上，通过多学科的讨论，为埃塞俄比亚量身定制了详细的疫情防控建议方案并提交埃塞俄比亚卫生部，向当地政府提出"深入挖掘埃塞俄比亚本国的潜能，充分利用可用资源及本土高端人才，促进本国个人防护物资生产，提高全民

蒋艳指导爱菲医院护理人员进行病房分区管理

防疫抗疫能力"的建议，发动本土企业和社会力量参与疫情防控。只有通过将"输血"变成"造血"，才能让埃塞俄比亚打赢这场新冠肺炎阻击战。

疫情紧迫，专家组继续奔走在埃塞俄比亚抗击新冠肺炎的疫情前线，走访调研当地公共卫生研究中心、新冠肺炎定点收治医院（爱菲医院、提露内丝—北京医院等）、方舱医院、隔离点，与当地一线医护人员深入交流商讨，不断改进医院设施、优化流程方案。为了更加契合当地实际情况，他们因地制宜、精准施策，为非洲带去了中国力量。

蒋艳将四川大学华西医院编写的《新冠肺炎防控医院护理工作指南》（英文版）赠予当地医疗机构工作人员

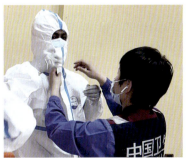

蒋艳培训提露内丝—北京医院医护人员

| 同舟共济，守望相助 |

短短两周，蒋艳和医疗队成员的足迹就遍布埃塞俄比亚抗疫前线的各个角落。当中国医疗队的车受困于泥泞颠簸的公路时，埃塞俄比亚人民顶着烈日主动向他们提供帮助；当中国医疗队行走在医院和隔离中心时，耳边响起一句句不太熟练的"你好"，眼前是一张张笑脸，耳边是一声声发自内心真诚的感谢，让医疗队成员如沐春风。在当地人清澈的眼眸中，医疗队员们看到了在苦难中的坚守，看到了爱和希望。临行之际，应埃塞俄比亚卫生部的一再要求，医疗队为当地的医疗机构又增加了一场线上的交流和培训，希望能用有限的时间，为淳朴和善良的埃塞俄比亚人民提供更多力所能及的帮助。

中资企业在埃塞俄比亚十分活跃，华人、华侨是埃塞俄比亚数量最多的外国人，有3万～4万的华人、华侨承担了中国在埃塞俄比亚的建设

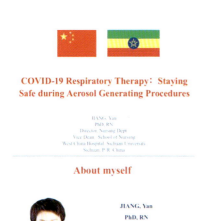

蒋艳为在埃塞俄比亚的华人医务人员、华侨和中国大使馆的工作人员进行线上培训

工程和项目。条件的艰苦和工作的不易让医疗队员感同身受。医疗队利用周末时间，为华人、华侨及中国大使馆的工作人员进行科普宣教，现场及线上答疑解惑，带去祖国和人民对大家的关心和问候，以实际行动告诉他们，祖国永远在他们身后。

这不是结束，而是一个开始

援埃塞俄比亚的抗疫工作在忙碌和充实中渐渐接近尾声，埃塞俄比亚卫生部部长莉亚在专家组临行前举行了新闻发布会，她说："虽然中国抗疫专家组的行程即将结束，但我们希望，这是一个新的开始。"埃塞俄比亚总理阿比专门致信习近平总书记，表达了对中国援埃塞俄比亚医疗专家组专业和敬业精神的高度赞赏。

也许，专业、敬业和精业，才是全球通用的语言。愿疫除日暖，春花灿烂。

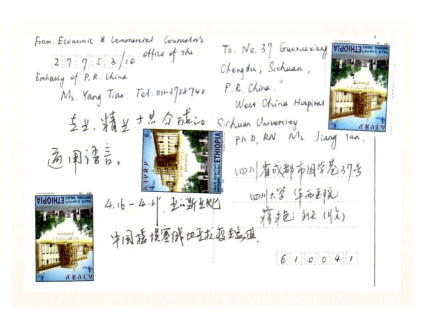

一张特殊的明信片

第四节
"骑士"归来

交得其道

千里同好

固于胶漆

坚于金石

——节选自谯周《谯子·齐交》

2020年5月10日，在吉布提共和国人民宫贵宾厅，举行了一场特别的授勋仪式，为感谢中国政府援吉布提抗疫专家组为吉布提疫情防控所做的突出贡献，吉布提总理卡米勒亲自为抗疫专家组12名成员颁授"6·27"独立日国家勋章。专家组组长、四川大学华西医院副院长曾

2020年5月10日，吉布提总理为专家组授"骑士级独立勋章"

勇教授被授予"军官级独立勋章"，蒋艳等其他11人被授予"骑士级独立勋章"。吉布提外交部部长优素福、卫生部部长迪里耶为医疗队成员颁发功勋证书。据了解，吉布提共和国"独立日勋章"于1977年6月27日该国独立时设立，单次授勋一般不超过3人，此次同时为12人授勋，无论是勋章数量还是礼仪规模，在吉布提历史上均属首次。

吉布提卫生部部长为蒋艳颁发功勋证书

2020年4月30日，结束在埃塞俄比亚14天紧张密集的援助工作后，应吉布提共和国政府的邀请，中国抗疫专家组乘专机前往吉布提投入援非战疫的下半场。吉布提，本意为"沸腾的蒸锅"。吉布提共和国地处非洲东北部亚丁湾西岸，扼红海入印度洋的要冲，终年酷热少雨，全年平均气温30℃以上，以"高温、高湿、高盐"三高而著称。全国总人口不到100万。自2020年3月18日报告首例新冠肺炎确诊病例以来，疫情快速扩散，形势日益严峻。截至4月30日，确诊病例达1 089例，百万人口感染率位列非洲国家之首。

变，是唯一的不变

在滚滚的热浪中，蒋艳和其他11名专家抵达吉布提，他们不顾旅途疲惫，保持着高度的工作效率，立即与当地卫生部秘书长图拉和我国驻吉布提大使卓瑞生展开深入交流。专家组迅速了解了吉布提从1月26日

专家组实地走访吉布提新冠肺炎定点收治医院

至4月30日，整个疫情发展分为从无到有、缓慢增长、快速增长、急速增长、急速下降五个阶段，并就吉布提的检验能力、医疗能力、防疫策略、经济支持四个方面展开讨论。

经与吉布提总统卫生顾问、卫生部部长、社保局总局长等官员进行了深入交流后，专家组发现吉布提的疫情发展状况、防控需要与埃塞俄比亚有很大不同。

虽同处非洲东北部，但吉布提已经进入疫情发展的中期阶段，由于网络通信及资讯的传播，当地医务人员及民众对于新冠肺炎也有一定的认识，如何做好个人防护、正确穿脱防护服等基本措施已经不是当地最迫切的需求。吉布提个人防护用品、检测试剂等物资相对充足。医疗队迅速调整了援助方案，将原有在埃塞俄比亚的培训内容和方法做了大幅度适应性调整，培训方案从个人基本防护知识传播转为对抑制疫情发展更为有效的院内感染控制、流向划分等。在当地的布法医院，专家组发现咽拭子采样处患者咳嗽的气溶胶极易污染屏风等房间设施，他们立刻向院方提出了改进方案，院方高度重视，并快速解决。

吉布提无症状感染者及轻症患者占绝大多数。截至5月11日，吉布提共有确诊患者1 227例，除3例高龄合并其他基础疾病的死亡患者外，其余患者90%为无症状感染者，10%为轻症患者。在吉布提确诊的中国籍患者有4名，也均为无症状感染者。这一点是吉布提与欧美、中国疫情不相同的地方。但是，由于吉布提气候非常炎热，室外高温、强紫外线，人们在室内生活时间较长，空调使用非常频繁。关门闭窗，不利于空气流动，容易造成聚集性感染。在走访的过程中，蒋艳发现民众防护意识普遍较差，存在暴露风险。尤其是看到部分医护人员防护措施不到位，感染率高，蒋艳的内心更是焦急。她认为，此时提高人群整体认识和措施落地执行比专业知识讲座更迫切，更有普适性。她将华西医院护理人员在疫情暴发初期凭借精湛的专业水平撰写的《新型冠状病毒肺炎护理实用管控手册》的中英文对照版送给当地护理人员，希望能通过华西护理人的经验总结对当地民众抗击疫情提供有力支撑。

5月的吉布提，气候炎热，又恰逢当地传统节日"斋月"，对医疗

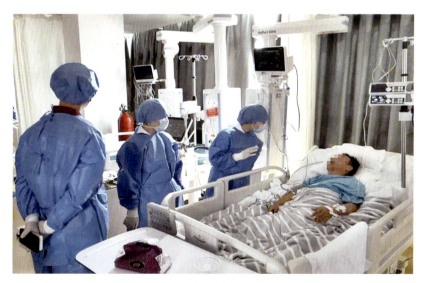

专家组看望吉布提的中国籍患者

机构、政府部门的工作流程、效率都会有较大影响。蒋艳与其他专家头顶烈日，冒着40℃的高温前往布法医院、阿尔塔医院、阿里萨比耶地区医院、社保局中心医院等吉布提抗疫基层医疗机构实地走访。他们发现原有的培训讨论模式不适用了，就迅速改变原定计划，认真讨论后提出"主动出击，有的放矢"的援助方案，即提前阅读当地卫生部门公告，在实地走访之前先收集对方困惑及感兴趣的话题，结合我国经验，阅读文献，制定出一套符合吉布提本国特色的援助方案。专家组组长曾勇明确了"从宏观上制定抗疫政策，从微观上改进流程提升治愈率"的指导思想，并将对当地中资机构、华人、华侨的科普培训从任务的前期阶段调整至中、后阶段，在实地了解了吉布提的医疗资源、诊疗能力等情况后，再根据中资机构，华人、华侨的具体需求进行有针对性的培训，这样对降低人群感染率、建立抗疫信心有极大的帮助。

科学是最具生命力的援助

在非洲的4个星期，颠覆了专家组以往对非洲的认识。非洲既是专家组想象中的非洲，也不完全是专家组想象中的非洲。从物质条件、基础设施等各项水平上看，非洲确实还处在较为落后的阶段，人民生活普遍比较贫困。但是，非洲的精英层大部分都受过西方教育，专业水平很高，他们所提到的很多关于新冠肺炎的问题，也是目前世界范围内新型

吉布提当地基础设施

冠状病毒研究的前沿问题。这让专家们既意外又欣喜，一方面，专家们欣喜于国内先进的医疗救治手段、疾病研究进展、专业领域的研究可以无障碍地与非洲研究人员、决策制定者进行互通；另一方面，他们的研究水平和顶层设计可以使得当地疫情得到有效遏制，并在今后和中国建立长期合作关系，在世界上发出非洲的声音。

在走访的过程中，专家组发现当地医护人员感染率较高，为提高吉布提新冠疫情防控整体水平，做到科学抗疫，专家组提出了以下建议：

（1）总结吉布提1 000多例新冠肺炎确诊患者的临床特征和治疗方案，进行临床病例分析。

专家组在吉布提当地医院隔离病房作现场指导

专家组与吉布提检测中心人员探讨流程设置

（2）在进行全国大规模筛查的同时，追踪复阳情况，对复阳患者进行研究和总结。

（3）分析总结吉布提各医院医务人员感染的情况，便于后期改进防护流程和标准，有针对性地保护医护人员。

（4）对合并疟疾、登革热、肺结核等疾病的新冠肺炎患者进行比较，分析患者临床表现特征。

（5）对医护人员进行抗体检测，追踪其既往感染情况。

吉布提是个经济不发达的国家，疫情对当地经济、贸易产生巨大影响，甚至直接影响着当地百姓每一天的生活。如何尽快解封和有序复工复产，恢复港口贸易，是整个吉布提最为关心的问题。蒋艳和其他专家一起冒着酷暑察看当地医疗机构、社区、检测机构等是否具备复工条件。他们对吉布提现有的优势做了分析，发现吉布提政府对疫情的高度重视，加之当地高温、强紫外线不利于病毒生存及扩散，以及治疗方案明确，防护物资相对充足，都是保证有序复工复产的有利条件。但医疗资源相对不足，政府各部门之间联动机制较差，民众防护意识淡薄，检测水平需进一步提升等方面也是制约有序复工复产的因素。专家组知道，复工复产不仅仅限于恢复正常的医疗秩序，因此他们对该国港口、机场、工厂、交通运输等其他领域的复工复产经验做了大量调查，根据

专家组走访当地医院

吉布提实际情况给予符合当地国情的具备可操作性的建议。这些系统性的建议，大到核酸检测涉及人群、检测优先顺序、港口开放的医学条件，小到医院通道改造、房间内通风换气频率，皆科学、可参考，并有可操作性。

正是由于专家组对吉布提在密切接触人群管理和康复患者追踪管理方面的漏洞的精确预判，盖莱总统对专家组的整体疫情研判及相关建设性意见非常重视，要求吉布提卫生部按照中国专家组的建议逐条落实，并在综合研判后推迟了吉布提全国解封的日期。

短短两周的时间里，蒋艳和专家组反复走访了吉布提定点医院和治疗中心16次，深入抗疫最前线考察隔离中心、重症病房，在40℃的高温下，身着防护服不辞辛苦地与当地医护人员交流每一个治疗步骤，探讨每一处可以改进的流程。此外，还为在吉布提的中资企业机构和旅吉侨胞300人提供了医疗卫生指导，让海外中国公民切实感受到祖国的关爱。专家组在吉布提期间举办针对中外人员的各种培训12次，培训机构200余家，培训人数695人次，开展技术指导20次，接受媒体采访20次。吉布提多家媒体对专家组的工作进行了跟踪报道，专家组所到之处受到当地民众热烈的欢迎，甚至在路上看到专家组的车经过，当地民众都会驻足行礼，以表达他们内心的崇敬。每每看到这些，蒋艳觉得再遥远的距离，再强烈的日晒也不能够阻挡人类携手互助的深情。她能够带着自己的专业知识和热情来帮助那些淳朴又善良的人民，何尝不是人类守望相助，在灾难面前构建更加紧密的中非命运共同体和打造人类卫生健康共同体的实际行动呢？

骑士，是正义与勇气的化身。身披战甲、仗剑策马的那一刻，骑士脑海里只有忠诚、信仰、荣耀和担当。这枚骑士勋章，既是对中国专家为非洲抗疫做出突出贡献的肯定，也是中非友谊深厚的象征，更是中非团结协作、守望相助、团结抗疫的佳话，续写了共建人类命运共同体的战"疫"新篇。

正如南非前总统曼德拉所说："When people are determined they

can overcome anything"[1]，我们也相信在中国的帮助下，非洲人民战胜疫情的决心一定会更加坚定。

烈日下顶天立地的中国医疗专家组

---

[1] 译文：当人们团结起来时，就能克服一切困难。

第五节
丝绸之路彼端的火之国

壮志西行追古踪，孤烟大漠夕阳中
驼铃古道丝绸路，胡马犹闻唐汉风

——马清新《七绝·重走丝绸之路》

2020年8月4日，应阿塞拜疆共和国邀请，中华人民共和国国家及四川省卫健委选派华西医院呼吸重症医疗、院感防控、护理、中医治疗等多学科专家一行10人，从成都启程，远赴东欧与西亚的"十字路口"阿塞拜疆，开展新冠肺炎抗疫、防控、救援指导工作。同机抵运的，还有中国向阿塞拜疆捐赠的第四批医疗物资。

作为有着8年呼吸与危重症护理经验的专科护士，吴颖在武汉新冠疫情暴发初期，就踊跃报名、并如愿参加了武汉抗疫支援工作，在武汉人民医院（东区）传染重症病房参与护理临床及管理工作2个月。作为华西循证护理小组核心成员，吴颖结合自己的呼吸护理专业背景及工作敏锐性，2月上旬在华西护理部官网发布了《2019-nCoV感染肺炎防治的华西护理紧急推荐——高风险护理操作的防控要点》，并被各大学术官网平台转发，累积阅读量超6万次。当疫情席卷全球，我们的友邦向我们求救之时，吴颖带着自己在新冠抗疫一线累积的宝贵经验，带着华西护理人的使命感，再次踏上征程！

| 派遣医疗使 |

阿塞拜疆在阿塞拜疆语中意为"火的国家",其地处东欧和西亚的交界之处,是古代丝绸之路的重要交通枢纽。阿塞拜疆共和国于1991年自苏联解体后独立。经过多年发展其国内政治局势逐步稳定,凭借丰富的石油和天然气资源及该国人民和政府的努力,开始大力推进教育、医疗、体育事业发展,近年有了"小迪拜"之称。此次医疗队出征阿塞拜疆,不仅是带去丰富的抗疫医疗管理经验,更是作为友谊的使者出行,为两国后续的医疗卫生领域合作奠定基础,为持续增进两国人民的友谊和两国关系的发展做贡献。正如中国驻阿大使馆郭敏大使所言:"帮助阿方抗击新冠肺炎,是中国在兑现对全球卫生事业尽责的承诺,为构建人类命运共同体,携手打造'健康丝路'做贡献。"

专家组抵达阿塞拜疆首都巴库与中国大使馆工作人员及阿塞拜疆外交部、卫生部高级官员合影

| 深入一线,有的放矢 |

阿塞拜疆自2020年2月出现首例输入性病例后,经过约2个月的积极

抗疫，疫情于4月底基本得到控制。随着国内经济重启，新发病例再次增加，6月下旬至7月中旬持续3周维持每日高于500例新增病例的较高人数后逐渐回落，后逐渐降至每日新增100例以下。截至2020年8月17日18点，共计确诊病例34 343例，治愈32 042例，死亡508例，死亡率为1.48%，虽然死亡率低于全球水平，但却在逐步增加。阿塞拜疆全国共有46家新冠定点医院，共计床位数9 864张，实际开放35家7 292张，储备2 572张，现有住院病人1 775人（轻症患者目前均居家隔离），全国有ICU床位数576张，走访各家医院的床位使用率均在80%左右。结合前批援非专家经验，本次专家组采用第一阶段先深入临床一线实际调研，走访阿塞拜疆境内各地定点医院，采取先发现工作人员的困惑、问题和临床难点，后期再针对性地开展培训和讨论的方式开展工作。经调研发现各家医院药品、医疗物资、防护用品储备充足；新冠核酸检测实验室设备先进，检测试剂充足。其存在的问题是以下几个方面。

专家组在oil workers hospital与来支援的古巴医疗队员合影

首先，重症专业医护人员短缺，重症病房护患比不足，护士工作时间明显延长。针对上述问题，吴颖与地方医疗机构监管局新冠协调中心相关负责人进行了交流，向其细致地介绍了武汉支援时的联合救治模式，建议采用重症、呼吸、感染专科护士与其他护士混合搭配，采取以重症护士为主导的小组护理模式，充分扩展重症病房护理人力，一方面保障患者专科护理质量，同时提升基础护理水平；另一方面也累积了非专科护士的相关工作经验。这种护理模式建议得到了阿塞拜疆管理部门的肯定和采纳。

专家组在阿塞拜疆与伊朗边境贾里拉巴德的定点医院临床调研后的即时讨论

专家组与新冠协调中心管理人员交流

　　为了缓解人力紧张的压力，阿塞拜疆邀请来自古巴、土耳其、伊朗等国的医护人员进行临床支援，造成不同医院各病房之间的护理人员专业能力、病房护理方法、护理标准、护理质量等参差不齐。有的医院护士专科护理知识和技能水平较高，而有的定点医院的护理人员却没有掌握同等的知识和技能。因此，除开向当地护理团队介绍重症患者护理的中国经验外，吴颖重点向新冠协调中心建议，要形成全国统一的新冠患者护理标准及流程，例如：新冠重症患者护理记录书写标准，无创机械通气新冠患者的护理要点等。吴颖还通过视频录制、线上学习、文件印发等方式快速提升阿塞拜疆新冠护理团队的整体护理水平，并通过定期的护理管理会议进行临床护理及护理管理经验分享，形成质量督导机制，保障全国护理水平的专业化和同质化。随后，吴颖还将新冠暴发初期华西护理团队录制的各类操作、仪器使用的视频与当地护理团队进行了分享，希望能为他们的后期培养方案提供借鉴和参考。

吴颖（右三）与当地6家医院护理代表交流后合影

再者，随着时间的推移，全球对于新冠肺炎的认识越来越清晰，加之当地医生、科研人员大多接受过欧美的医学教育，通过国际指南，当地医护人员已对职业防护标准和防护设备的穿脱方法有了大致掌握。但该国护士大多仅接受了两年的护理职业教育，在知识获取的途径和能力方面，与医生悬殊，因此并未充分了解到护理高风险操作的重要防护环节，也无相关操作针对性的防护方法。因此，吴颖立马结合自己前期撰写的论文，结合实际操作图片和当地护理现场调研照片，细致地分享了常见高风险护理操作的易暴露环节和应对办法，当地护士也积极地分享了许多他们就地取材的实际临床解决办法和小创意。整个分享讨论会取得了很好的反响。

另外，与我国新冠危重症患者多为患有基础疾病的65岁以上老人不同的是，在阿塞拜疆，多数危重症患者均为青壮年人士且其中大多数合并糖尿病或高血糖症。这部分患者后期的身体康复、重返社会成了当地医护人员十分关注的问题。根据与阿塞拜疆医疗队前期的沟通，吴颖出行前准备的资料均为重症救护、疫苗研发、实验室检测和疫情防控等方面，呼吸康复的问题完全在准备之外。但是，阿塞拜疆现物理治疗师紧缺，也没有专门的呼吸治疗师，相关康复经验十分欠缺。面对当地医护人员如此迫切又具体的专业问题，作为接受过专门培训的肺康复护士，吴颖立马承担起这个任务。她结合在武汉病房实施的危重症患者康复案例、相关文献和国内的专家共识、指南，在有限的时间内为大家准备了一场内容翔实的经验分享。原计划45分钟左右的内容，在大家的积极提问和讨论中，被延长了20多分钟。

吴颖与当地护士就呼吸康复、院感问题积极讨论

吴颖与当地医生、护士分享新冠重症病房呼吸康复经验

不尽天山万古情

充实的两周工作转瞬即逝，14天的时间内专家组实地考察了巴库、苏木盖特、贾利拉巴德等地的10余家医疗机构，为阿塞拜疆1 000多名医护人员开展了106次技术指导，并举办了15场专题培训（吴颖个人负责3场），各小组共计向阿塞拜疆提交了8份具有针对性的英文调研报告。共计接受海内外媒体报道采访16人次，其中吴颖接受了中国国际电视台（CGTN）和《中国青年报》专访。专家组在阿塞拜疆的工作也得到了当地政府、医务人员的高度肯定和感谢。阿塞拜疆对中阿两国后续的医疗卫生领域的持续合作表示出了极高的诚意和热情。正如当地一名院感护士对吴颖所说的一样："你们中国的专家是真正的专家，知道这里正在发生着什么，是我们的朋友，不是批评家。"每次专题汇报结束，吴颖都会将一名患者送给华西援鄂医疗队的剪纸照片（现存于四川历史博物馆）分享给当地医护人员，剪纸上的红灯笼上写了"大爱无疆，逆境前行"八个字，吴颖解释说："Love is without border, through solidarity, we will prevail in adversity"。

是的，爱是没有国界的。正如这条古老的丝绸之路一样，如今它正以前所未有的豪情壮志和开放包容的历史态度，为构建人类命运共同体的伟大梦想不断延绵！

本章素材部分源自四川大学华西医院小儿ICU：唐梦琳；四川大学华西医院急诊科：叶磊、张建娜；四川大学华西医院护理部：蒋艳；四川大学华西医院麻醉手术中心：安晶晶；四川大学华西医院呼吸与危重症医学科：吴颖。

（本章编辑：安晶晶 胡紫宜）

第五章

第二战场

笔耕不辍，用科学的光照亮护理前行的路

第一节
科学抗疫

此时此刻

战"疫"正酣

前方不断传来感染的消息

你忧心忡忡

白日，你披上战袍驰骋疆场

夜半，你援笔成章谋策谏言

你要让那科学的光

透过每个罅隙

照亮前线后方

——四川大学华西医院胃肠外科 贺育华

紧急推荐，护理循证有所作为

早在2020年1月23日，一群志同道合的华西护理人就已经在"循证"的道路上起跑。凌晨1点，护理部蒋艳主任和循证护理小组的成员们都还丝毫没有困意，她们正在热火朝天地讨论着……华西护理团队尽管有过2003年"非典"、2008年汶川大地震等突发应急事件的磨炼，但此次新冠肺炎疫情发生之迅猛、危害范围之宽广、社会影响之深远，是大家从未遇到过的。听着一声声急切的请战申请，看着一条条诚恳的出征理由，望着一张张被口罩勒出深深压痕的脸庞，如何保障"战必胜"成为华西护理管理团队紧要的责任和担当。

此时，蒋艳主任正与循证护理小组的成员们进行着激烈的讨论：面对新冠肺炎疫情，如何快速实现人力调配？戴防护用品如何防治损伤？隔离病区如何进行消毒隔离管理？普通病区的出入人员如何管理……于是她们以问题为切入点，充分发挥四川大学华西医院循证护理研究中心的优势，通过大量的文献检索给每一个问题交出一份科学、满意的答案。

"只要有需要，我们就在；只要有意义，我们就会一直坚持"，"科研不是唱着高歌把它树在那里，而应该落到实处，帮助我们科学地解决问题"……凭着这股子执着劲儿，一个又一个难题迎刃而解。

自2020年1月30日以来，15条华西护理紧急推荐由四川大学华西医院护理部微信公众号对外推出，为全国各级各类医疗机构有效应对新冠疫情提供了重要的证据和参考。截至目前，紧急推荐累计阅读量达27.7万次，单篇平均阅读量1.8万次，单篇最高阅读量5.1万次，受到了全国

华西护理紧急推荐部分节选

护理同仁的高度关注，同时被中华护理学会、中华护理杂志、中国护理管理等国内顶级护理学术平台大量转载。

其中，《戴防护用品如何防治损伤？听听华西循证护理的紧急推荐》一经推出便收获了5.1万次的阅读量，更是受到了来自一线护理人员的广泛好评。该文创作者为四川大学华西医院骨科宁宁教授所带领的伤口护理团队。当问及其创作的初衷时，她们表示："为了抵御病毒的侵袭和感染，医护人员必须长时间穿戴防护物品，这会对局部皮肤产生压迫，从而造成器械相关压力性损伤。这样的现象很令人忧心。"于是，伤口护理团队在查阅文献的基础上集思广益，收集临床上现有的各类伤

戴防护用品如何防治损伤？听听华西循证护理的紧急推荐

2020-01-31 华西循证护理

@ 华西医院护理部 Department of Nursing, West China Hospital | 见证·记录·华西护理

新型冠状病毒感染的肺炎
华西护理紧急推荐
—— 医护人员
器械相关压力性损伤的防护

在抗击新型冠状病毒感染肺炎的过程中，医护人员因佩戴防护面罩容易导致器械相关压力性损伤。研究显示，医院获得性压力性损伤的发病率为5.4%，其中，34.5%为器械相关压力性损伤，使用医疗器械者发生压力性损伤的危险是未使用者的2.4倍。华西伤口护理团队参考《2019版预防和治疗压力性损伤：快速参考指南》，结合临床实践，特提出器械相关压力性损伤防护的紧急推荐意见。

本文一经推出便收获了5.1万次的阅读量

口敷料，从敷料的减压效果、透气性、过敏性、黏贴性，以及防护用品使用的密闭性等方面进行综合评估，模拟比对压力性损伤高风险部位最适宜的剪裁形状，以保证敷料能够更好地贴合于面部，达到预防压力性损伤的目的。

在华西护理循证紧急推荐的基础上，截至2020年6月5日，四川大学华西医院护理团队已发表论文34篇（见附录表1）。2020年2月7日，由骨科护理团队执笔的《新型冠状病毒疫情下医护人员器械相关压力性损伤防护华西紧急推荐》一文被Medline期刊《中国修复重建外科杂志》收录，截至成稿时共计被下载3 517次。

伤口护理团队进行敷料的剪裁设计

统一管理标准，外派护理骨干的担当

在"战事"吃紧的武汉前线，四川大学华西医院第一批援鄂医疗队护理队队长冯梅仍坚持把华西护理标准、护理模式运用到工作中。

作为武汉红十字会医院发热4病房、8病房及13病房的科护士长，冯梅肩上的担子重了，但干劲更充足了。面对来自11个不同医院的护士姐妹，为了提高护理质量，统一管理标准势在必行。冯梅组织病房管理小组，在临时病房实行护士长—专科护士—责任护士"三级责任制管理"，在排班上充分利用"三重优势组合"。凭着逢山开路、遇河搭桥的心态，冯梅一步一个脚印走，一棒接着一棒干。她将自己亲身经历的管理经验进行总结，和团队一起写出了《新型冠状病毒肺炎一线支援医疗队护理团队建设》及《华西医院新型冠状病毒感染肺炎诊治一线医疗队武汉驻地内部管理》两篇高质量论文，截至成稿时总计下载量6 406次。她说："为了和新冠肺炎搏斗，白衣天使们克服着难以想象的困难。第一批援鄂队伍可以摸着石头过河，但我希望后面的战友们可以

武汉红会医院病区内，冯梅正在查对液体

少冒点风险。希望能用我们的团队经验，为大家今后的工作带来帮助和启发……"

设计新型防护服，年轻"新兵"的奇思妙想

在这场抗击新冠肺炎的战"疫"中，不仅有"老将"，也有年轻的"战士"。杨兴海是四川大学华西医院骨科血管外科综合病房的一名工作不到一年的男护士。在急诊发热门诊支援期间，平时没怎么穿过防护服的他在接受了专业的培训后开始了思考，他说："实际操作的时候才发现穿防护服没有想象中那么简单，特别是在脱防护服的时候，很容易触及污染面。而且穿上防护服后的体验特别不好，会因为缺氧而胸闷、头疼。"在急诊发热门诊支援的日子里，他们还面临防护服紧缺的问题。尽管医院尽了最大的努力紧急调配，但这也需要时间。对此，所有发热门诊医护人员原则上每班配发一套防护服。同时，膳食科更改发热门诊配餐时间为7:50、14:50、21:50，每班医护人员下班后再吃饭，只为了最大限度地节约防护物资。

杨兴海（左四）所在的护理科研团队

这些经历给了杨兴海很大的触动,"如果防护服不是一次性的,而是像手术衣那样可以通过消毒来重复利用,那该有多好!"

于是,一个奇妙的想法开始在杨兴海的脑海中悄悄萌芽——可不可以设计这样一种防护服:它可以被重复利用,穿脱更为便捷,更加舒适透气,最好是一体式的,这样能省掉口罩、护目镜……假使这些想法能够实现,那么物资紧缺就不会再成为突发公共卫生事件中的棘手问题,而且医护人员在进行各种诊疗操作的时候也会更加舒适。

经过严密的文献查阅和资料收集,杨兴海提交了《新型病毒疫情一体化防护服》院内专项项目申报书。当他收到立项通知的时候,惊喜之余也有点忐忑。有太多的实际问题和困难需要克服,加上自己只是一名本科生,科学研究的经验还不是很充足。就在这个时候,刘晓艳护士长的一席话给了他一颗定心丸。她说:"不要怕!你不是一个人在战斗,你还有我们,我们一起跟新冠病毒斗智斗勇。"

在四川大学华西医院,还有很多与杨兴海一样的护士,也有很多像刘晓艳护士长一样的背后支柱,他们以训练有素、严谨求实的科研实力与专业性,为打赢这场新冠肺炎疫情阻击战贡献着自己的智慧和力量。

截至成稿,四川大学华西医院护理团队已申请立项成都市科技局新冠专项技术创新研发项目2项、四川大学华西医院新冠肺炎疫情科技攻关院内项目10项(见附录表2),经费总计达136万元。

编制防控指南,让护理工作有章可循

2020年2月15日,由四川大学华西医院护理部蒋艳主任参与主编的全国首部《新冠肺炎防控医院护理工作指南》电子版正式上线,并免费向社会各界开放。该书将公众号中大家普遍关注的内容加以整理总结,内容涉及新冠肺炎疫情防控护理应急管理体系建设、应急物资储备管理、重点部门和重点环节应急管理、一线人员职业防护等多个方面,希望为各级医院的护理工作提供借鉴、参考。截至本文成稿时,该书阅读量达11.7万次,收到了业界很好的反响和评价。

抗击疫情是一场全民行动，更是一场科学战"疫"。在这场战"疫"里，"科学防控"就是最强抗体。我们相信"疫"霾终究会随风散开，冬天要离开，春天会来，花也会开……

《新冠肺炎防控医院护理工作指南》封面

第二节
战"疫"中的护理之声

山川再逢，人间已换

不变的是祖国和人民的呼唤

初心如磐，使命在肩

不变的是他们向疫而行的身影

疫情之下

最温柔又最坚强的力量

从不缺席

她们是疫情下最美的风景线

——四川大学华西医院胃肠外科 贺育华

宣传也是战斗力——
护理部建宣传小分队助力疫情防控

有这么一群人，在惶恐声中，善于宣传引导；有这么几个伙伴，在新媒体时代，勇于开拓创新。他们就是四川大学华西医院护理部宣传小分队。他们用手中的笔和镜头，记录了一个又一个感人的故事，传递着一份又一份温暖的正能量。

宣传小分队成立于2020年1月24日，由护理部副主任龚姝带领，7名宣传小分队成员均从四川大学华西医院各个临床科室抽调而来，他们是麻醉手术中心副科护士长安晶晶、日间服务中心护士长黄明君、心脏外科护士叶燕琳、胃肠外科中心二病区护士贺育华、甲状腺外科护士胡紫宜、重症医学科护士郭智、重症医学科护士宗思好。

据龚姝介绍："我们从临床护理单元抽调7名业务能力比较强、熟悉新媒体宣传的护士组成小分队进行专题采访报道。他们负责与前线以及后方各个临床护理单元的宣传对接，一方面是随时发现、整理并纪录战'疫'下的生动故事，传递正能量；另一方面也希望借助新媒体平台将更多可信、可靠的科普讯息传递给普通民众。"当被问及为什么不找一些专业的媒体或者宣传团队来做这项工作时，龚姝表示，"因为护士最懂护士，我们认为护士写出来的文字更能代表护士姐妹兄弟的想法，也更能贴切地传达出护理学科的专业性。"

新华社四川频道和学习强国APP报道四川大学华西医院护士格绒下姆

作为初出茅庐的宣传员，他们深知肩上的责任和担子有多重。为做好新冠肺炎疫情防控宣传工作，他们苦练业务能力、学习新闻传播规律。一次次见微知著，只为挖掘那些背后的故事；一次次逐字推敲，只为真诚地呈现真相……这些工作对于专业的新闻媒体人来说或许是轻而易举的，可对于这7位半路出家的宣传员来说却是挑战。最开始工作的时候，他们总是跳不出"科研论文"的写作思维，后来在廖志林部长的悉心指导下，宣传工作才逐渐地步入正轨。

　　在这里，早上8点，他们准时"开张"，一天的工作紧锣密鼓地进行，中午几乎没有休息的时间。等到晚上6点，他们还没有"打烊"，相反每到这个点激烈的头脑风暴才刚刚开始，大家会一起讨论今天的进度怎么样，遇到了哪些困难，明天有哪些计划，有哪些值得挖掘的素材，等等。

　　2020年1月24日以来，四川大学华西医院护理部通过院内微家平台《华西护理新闻》栏目推送新闻报道33篇，累计阅读量20.17万次，单篇最高阅读量10.2万次；通过央视新闻、川报观察、封面新闻、红星新闻、成都商报、健康界、健康报、凉山日报、贴近成都等媒体平台推送相关宣传报道16篇；接受四川卫视专访2次；《在抗击疫情的战场上，盛开着一朵美丽的格桑花》和《吉克夫格：战斗在武汉的凉山男儿》两篇新闻报道被国内一流平台学习强国及新华社转载，单篇浏览量分别为54万次和21万次。

▍ 见证——华西护士的高光时刻 ▍

《在抗击疫情的战场上，盛开着一朵美丽的格桑花》

来源：四川大学华西医院眼科
报道：新华社四川频道、学习强国

　　2020年2月7日上午，四川大学华西医院新八教楼前集结了一批特殊的医护工作者，他们统一身穿深红色服装，拥抱、叮嘱、道别，为彼

四川大学华西医院第三批援鄂医疗队出征宣誓

此加油。他们是四川大学华西医院第三批支援湖北医疗队的队员，一行130人即将出征武汉。

一朵美丽的格桑花

临行时的格绒下姆

在这一批队员中，有一位特别的白衣战士，她叫格绒下姆，在藏语里，意为"吉祥如意仙女"，她是一名眼科护士，共产党员，是一位成长于四川省丹巴县革什扎乡洛尔村的"90后"藏族姑娘。她还有一个很好听的小名叫格桑，寓意着美丽圣洁的格桑花，象征着幸福和美好。

我们全家都是你坚强的后盾

一年中，令格绒下姆最高兴的事莫过于春节小长假，可以回丹巴和家人团聚。但今年，格绒下姆回到家里却被大伯责备了，作为一家之主的大伯语重心长地告诉下姆："现在疫情严重，你作为医护人员，又是一名党员，今年就不该回来的，回去上班了要注意保护好自己，如果有机会，你要主动申请到疫情前线，我们全家都是你坚强的后盾。"

大伯的话句句入骨，充满正能量。第二天格绒下姆便取消休假，踏上了返程的道路。从医院招募志愿者开始，她先是参加了四川大学华西医院急诊的志愿服务工作；紧接着又去支援四川大学华西医院重症医学科的临床护理工作。2月6日晚，当看到护士长在群里统计志愿申请去疫区一线的消息后，她第一时间报名，并提交了请战书。1个小时后她接到了护士长的电话，告知被选上去武汉支援了，那一刻她既激动又紧张，没想到大伯的嘱托竟然真的成了现实。她立刻打电话告知了大伯汪扎自己即将去支援前线的事，大伯汪扎非常激动和自豪，立即向武汉捐赠了600元钱。

不舍、担心，但更是骄傲

身旁的丈夫得知妻子被选中去前线时，忍不住哭了。格绒下姆的丈夫就职于阿坝藏族羌族自治州金川县司法局，距成都市有400多公里的距离。从与丈夫谈恋爱开始，两人一直都是异地恋，甚至于从结婚到现在，夫妻也是两地分居，聚少离多。春节假期，丈夫陪同格绒下姆一道返回成都，但格绒下姆的日常仍是在忙碌中度过，可每天回家都能看到丈夫做的不算特别美味的热汤热菜等着她，她感到无比的幸福，也更珍惜这段难得的相聚时光。原本他们已经计划好在周六格绒下姆轮休的那天在家烫一顿属于两人的火锅，没想到这个约定也只有延后了。丈夫关切地问她："真的要去吗？"下姆的言语中满是坚定，告诉身旁的丈夫："作为一名医务工作者，支援武汉是义不容辞的责任，我并不害怕艰难困苦，害怕的是家人担忧。"这一夜夫妻俩在担心且不安、激动而又自豪的心绪中失眠了……

深夜，丈夫在朋友圈留言道："老婆从主动请愿到被征召中间就2个小时。得知消息后，我哭了。一是不舍、担心，但更是骄傲。连夜跟老婆收拾好行李，准备明天出发！愿老婆一切平安，愿疫情早日得到控制！向所有奋战在防疫一线的医护人员致敬！"

健健康康去，平平安安回

2月7日上午8点，格绒下姆一早就来到医院参加出征前的培训，完成注射免疫球蛋白、领服装等出征前的准备。同事也在此时见到了微笑而从容的格绒下姆。同事问她是否紧张后悔，她说道："作为华西的一分子，作为眼科的一分子，在那么多份请愿书里被选中，我感到自豪。"

临行前，护士长和同事们为她送行，当登上去机场的大巴时，格绒下姆和在场的同事及亲人挥手告别。前一秒，彼此还是微笑，别过脸，却已是满脸泪水。

格绒下姆的丈夫送别妻子后在朋友圈再次留言道："很不舍地送老婆出发了，虽然看不到口罩下这群战士的面容，但他们的自信与勇气让我深受感染！相信在大家的共同努力下，必能战胜此次疫情！希望老婆健健康康去，平平安安回！"

千叮咛，万嘱咐

每个抗疫前线战士的背后，都有一个家庭的无私奉献。女儿身处抗疫一线，最牵挂的何尝不是自己的母亲。格绒下姆的母亲为了给孩子祈求平安，深夜在家中点了一盏祈求平安的酥油灯，母亲将自己全部的爱都寄托在了这盏燃烧的酥油灯上。按照藏族人的传统，母亲每天都为这盏灯添油，让它保持燃烧直至格绒下姆平安归来。在深夜寂静的小山里，这盏酥油灯映射在星空下，显得格外明亮。

格绒下姆剪去长发

科室领导纷纷向格绒下姆发去了祝福和叮嘱：在前线一定要做好自身健康和安全防护工作；科室姐妹们也每天为她打气加油，为她祈祷平安。危难时期，大家更加紧密地团结在一起，相互关心、相互帮助。也正是因为身后有这样充满爱的大家庭，才让她没有后顾之忧，勇赴前线。

这一朵静静绽放的格桑花

2月7日，格绒下姆和援鄂医疗队一行人抵达了武汉，从天河机场出发到酒店的路上没有看见一辆车。街道上空荡荡的，没有车、没有人，整个城市安静得让人有些孤单。

到达酒店后休整的两天里，培训成了主要工作，尤其是穿脱防护服，战友们互相帮助，互相监督，一直反复不停地练习，因为格绒下姆知道，这很重要。在后来的日子里，格绒下姆从高原的一朵格桑花，变身成了一位勇敢而坚强的抗疫战士，她的美丽在这江汉之地继续绽放。

我们等你平安回家

格绒下姆出征了，但她并不孤独，前方有来自全国的战友们共同奋战，后方有华西这个大家庭守望相助。大难面前，有太多的人不畏艰难，负重前行，唯愿格绒下姆和所有抗击疫情一线的医务人员早日平安凯旋。格绒下姆加油，前线的战士们加油，我们等你们平安回家！

《吉克夫格：战斗在武汉的凉山男儿》

来源：凉山日报
转载报道：新华社云南频道、学习强国

"医者，此去欲何？"

"战病疫，救苍生。"

"若一去不回？"

"便一去不回！"

吉克夫格（左一）和四川大学华西医院急诊科同事出征武汉

2020年2月24日，武汉，多云转晴，最高气温24℃，西南风。

已是初春，春的讯息正在武汉悄悄来临。

这是吉克夫格在武汉的第18天。吉克夫格，四川大学华西医院急诊科护士。作为四川大学华西医院第三批援鄂医疗队队员，他没有时间感受这座城市春天的气息。

这天中午11点，吉克夫格从驻地酒店出发，进入武汉大学人民医院东院，在院里护士的帮助下开始戴口罩和护目镜、穿防护服和隔离衣等，做好一系列的防护措施，然后带上当天补充的医疗物资、患者的盒饭，穿过4道防护门，进入到第24隔离病区，开始了这天的工作。一直到傍晚，吉克夫格才走出隔离区，脱下早已被汗水浸透的衣服，消毒洗澡后，他来到病区外的配餐室，"咕咚咕咚"一口气灌下两瓶矿泉水。将近7个小时，他滴水未进。

在武汉抗疫最前线，吉克夫格已经像这样战斗了近20天。

30岁出头的吉克夫格，生长于大凉山美姑县觉洛乡觉洛村。这个地地道道的山里娃，靠着不懈努力，从一个国家级深度贫困县的小山村一路走向省城。以优异的成绩从川北医学院成铁分院高职护理专业毕业后，成为四川大学华西医院的规培护士，2013年进入四川大学华西医院急诊科。2018年成为通过世界卫生组织认证的全球最高级别的非军方紧急医疗救援队——中国国际救援队的首批队员，还考取了航空医疗救护证。

真正的勇敢不是不害怕，而是明知危险却依然前行

1月24日，大年三十，在四川大学华西医院急诊科工作的护士吉克夫格向科室提交了请战书："践行医者初心、履行医学誓言、恪尽治病救人的职责。"在请战书的最后，他特别加上一句："不计报酬，无论生死。"

"出征武汉，是我们医护工作者的责任担当和使命所在。"为了参加这场抗击新冠病毒的防疫阻击战，过年期间，吉克夫格主动放弃休假，坚守在急诊抢救室的工作岗位上。那些日子，日渐增加的确诊病例揪着他的心。"那里现在最需要的就是医护人员，我早点过去，可以更快地加入战斗。"吉克夫格说。

2月7日早上，四川大学华西医院战旗猎猎，吉克夫格和同事们誓言铿锵，一声集结，整装出发，背负着家人、朋友的祝福与爱奔赴武汉疫区。

虽然已经是一个有多年工作经验的医护人员，但在到达武汉后，吉克夫格仍进行了两天严格的强化培训，包括理论、技能和驻地院感培训，从穿脱防护服的流程，驻地防控，到工作人员如何按规定进出酒店，以及进餐和进入自己房间后的每一个步骤，房间的布置，等等。

培训的内容越是细致严格，越是让吉克夫格感受到临战前的紧张氛围和肩上越来越重的责任。

2月11日，吉克夫格正式进入武汉大学人民医院东院第24病区，开始与疫情交锋。

这一天，天空中飘着阴冷的细雨，窗外不时传来呼呼的风声。一切都是陌生的，陌生的人，陌生的环境，陌生的工作流程。

进入需要最高级别防护的污染区，对于从事护理工作多年的吉克夫格也是第一次。"全副武装"的他必须使上全劲，才能与患者顺利交流，完成一个班次的工作，高强度的工作状态让他的呼吸心率逐渐加快，身体疲惫不堪。

"真的是多说一句话都会特别累。我只能努力调整自己的心态，时时告诫自己，一定要保持体力，绝不能提前退出战线。"吉克夫格说。

当被问到第一次进入病区的心情时，吉克夫格坦言："说不害怕是假的，看不见摸不着的病毒就在身边。但我是医护人员，这个时候必须上。"

真正的勇敢不是不害怕，而是明知危险却依然前行。

不把抗击疫情的任务圆满完成，绝不后退

伴随着凌晨2点半的闹钟响起，吉克夫格开启了又一个班次的工作。

为患者输液、发放口服药、测体温和血氧饱和度……在各个病房来回穿梭，即便看似轻松的日常工作，却因穿着厚厚的防护服而变得不那么容易。"穿着防护服其实非常难受。即使气温只有几摄氏度，我们贴身的衣服没过多久都会被汗水浸湿，护目镜满是水雾，很消耗体力。一个班结束，被汗水浸湿的内层衣服都会拧得出水来。脸上被口罩绑带、眼罩绑带勒出一道道深深的印痕，有的同事脸常被勒出水泡。"吉克夫格说，"即使身上或脸部某处发痒，都不能去挠，必须拼命地忍住。"

终于有一天，连续高强度的

吉克夫格在武汉大学人民医院东院的工作照

工作，使身体强壮的吉克夫格也出现了状况。

这天，吉克夫格是凌晨4点当班。刚上班1个多小时，吉克夫格突然感到全身异常难受，呼吸不畅，气憋胸闷，头昏脑涨。

"绝不能倒下！绝不能倒下！！"吉克夫格一边为自己做心理暗示，一边慢慢挪出病房，在走廊上缓缓走上几步，尽量分散自己的注意力，待身体状况稍一好转，他马上又投入工作。

他说："那时候，脑子里想得最多的就是一句话——绝不能倒下！"

在武汉，医疗物资紧缺。护目镜都是严格消毒后反复使用，只有坏了不能用才换新的。在武汉半个多月后，吉克夫格才用上第一副新的护目镜。新的护目镜上有一层防雾膜，目之所及非常清晰明亮。"这让人心情很愉悦。"吉克夫格说。旧的护目镜上消毒液的气味刺激眼睛，常使眼睛发红、干涩，而且常常起雾，看不清东西，容易增加心理压力。吉克夫格说："有时候，我们要跟患者贴得很近很近，才能看得清楚，才能开展准确治疗。"

防护服成本较高，医护人员都特别珍惜。每次在穿防护服之前2小时，就停止喝水进食；穿上防护服进了污染区，四五个甚至七八个小时里，不能喝水进食甚至上厕所，否则就会浪费一套防护服，所以医护人员基本都是穿着成人尿不湿连续工作。

太多的艰辛都是常人无法想象的。

"但所有人都在坚持坚守，不把抗击疫情的任务圆满完成，绝不后退。"吉克夫格说。

爱和温暖，支撑着我们坚持并前进

吉克夫格他们面对的多数患者，入院隔离的时间都接近一个月。作为一名有经验的护士，吉克夫格知道这个时候，患者身心都已经备受煎熬，心理承受能力都很脆弱。于是，除了自己日常的工作外，吉克夫格给自己多增加了一份工作——陪患者聊天。

"我们的防护服上都写有自己和所属医院的名字。"吉克夫格说，

"每当有患者对我的名字感到惊奇时，我就会告诉他们，我是彝族人，同时还用彝语教患者一句'加油！'这时候他们就会开心地笑起来。而且知道我们四川大学华西医院来支援了，他们都很振奋，他们激动地说：'你们是逆行而来拯救我们的英雄。'"

武汉的生活是孤独的。吉克夫格和同事的宿舍虽然只有一墙之隔，但下班后他们都不会碰面，有事情通过微信视频交接，吃饭是从食堂拿回房间分开就餐。

武汉的生活也是温暖的。那天，远在成都的妻子告诉吉克夫格，医院领导去看望她了，还送去了口罩。妻子的感动传递给吉克夫格，他在朋友圈里写道："天气很冷，心很暖，加油！"这样的爱，吉克夫格总是在不经意间传递给身边的战友。工作之余去库房帮忙搬运物资，为战友送餐；战友过生日，身在病区的吉克夫格用纸和笔手绘一个生日蛋糕，凌晨12点为战友送上祝福。

这天，病区又有两名患者治愈出院，吉克夫格感觉自己比他们还开心。离开之际，他们恳请和医护人员合影留念，快门摁下的那一瞬间，平时很坚强的吉克夫格的眼泪都要出来了。

吉克夫格（左一）手绘生日蛋糕，为战友送上生日祝福

那天晚上，吉克夫格下班时拍了一张照片：不远处的万家灯火安静地守护着武汉。

"每一个灯火，都是一个家庭啊。我想自己要更努力工作，去点亮更多的灯火！"这是吉克夫格的期望。

在武汉的日日夜夜，吉克夫格无时无刻不被身边的战友们所感动。尤其是每当有重大任务，那一句"党员先上"的使命感，让他更加渴望成为他们中的一员。

"他们就像一面旗帜，让我能够坚定地跟着他们一起前进、奋斗。"吉克夫格说。

2月12日，吉克夫格做出了自己人生中的一个重大决定，他郑重地向四川大学华西医院急诊科党支部提交了入党申请书。

他希望自己也能成为在危难时刻永远冲在最前面的那个人。

他们因专业而沉着，因责任而平静。他们用足够强大的奉献精神和专业知识去战胜敌人，成为和他们仰望敬佩的前辈楷模一样的最可爱的人。

他们的不平凡经历，展现出榜样的力量，鼓舞更多的青年去追求崇高的人生价值。

我们知道，他们终会凯旋，我们一直在家乡，等待着他们。

第三节
科普惠民

各条战线

抗疫的号角萦绕耳旁

他们的身躯如山峰般巍然屹立

千里万里

他们一直在

或宽阔或瘦弱的肩膀

共同扛起这万家灯火

——四川大学华西医院胃肠外科 贺育华

坚守抗疫日子里的"操心操肺"

身入武汉已月余，身披白衣于日行。在隔离病房的日日夜夜，大到专业的治疗与护理，小到患者的吃喝拉撒，每个华西护士都在竭尽所能地将华西的专业带到抗疫最前线。

病房外，一位年轻男子在一直张望着。病区的医护人员对这张面孔并不陌生，已经连续很多天，他只要一有空都会来这间病房外探望。病房内躺着的是一位气管插管的患者——他的妈妈。新冠肺炎疫情肆虐，席卷了他的家庭，一家人包括他在内无一幸免。由于他妈妈年迈体弱，呼吸功能下降，病情恶化迅速，有创呼吸机成了维持她生命的必须治疗。某天，好消息传来，护士告诉他，经过多天的救治，母亲拔管顺利，但是因为长时间卧床、肺功能下降，还需要经过后续的治疗及康复。

最新颁布的《新型冠状病毒肺炎诊疗方案》（试行第七版）中提出可早期唤醒患者并进行肺康复治疗。华西护士们也迫不及待地将"呼吸康复操"这一华西肺康复护理的特色技术带到了武汉隔离病房。

"呼吸康复操"是以运动康复的作用原理为基础，讲究心神合一和呼吸配合（伸展吸气，收回呼气；深吸慢呼；吸气和呼气比为1：2），

武汉大学人民医院东院，孙敖正在指导卧床患者练习"呼吸康复操"

武汉大学人民医院东院，刘琴正在指导患者练习"呼吸康复操"

适用于患者在任何体位下的肺康复训练。华西医院专科护士们通过鼓励患者下床活动或进行床上肢体功能锻炼，帮助患者逐渐增强肌肉力量，改善运动功能，增加耐力，进而改善呼吸肌功能，提高心肺功能和整体机能，增强日常生活活动能力。

于是，在做好日常治疗与护理之外，他们为新冠肺炎患者带去了耳目一新的"呼吸康复操"，既锻炼了身体，也使压抑的病房气氛活跃了起来。渐渐地，练习"呼吸康复操"成了病房里每天必不可少的锻炼。

"伸臂、转体、下蹲、托举……"这些看似简单的动作，此时此刻身穿防护衣的护士们做起来略显"笨拙""慵懒"，但是在他们的外表下，藏着他们的不易。密不透风的防护口罩使得他平时清脆响亮的声音降低了分贝，在对一些高龄、听力下降的患者进行康复指导时，他们不得不大声反复地向患者传达各种动作的口令。笨重的防护服本就使他们闷热不适，但为了能让患者准确领会华西"呼吸康复操"的精髓，最大化地发挥其作用，他们一遍又一遍地演示动作要领，对他们的体能其实是很大的挑战。一套动作做下来，护目镜早已布满了水汽。功夫不负有心人，在呼吸护理人的带领下，越来越多的患者参与到做"呼吸康复操"

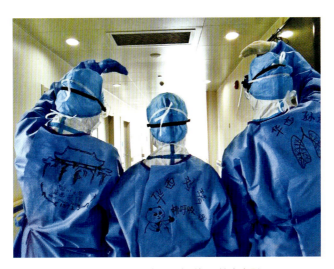

四川大学华西医院呼吸内科援鄂护士合影

的队伍中。

镜头再回到病房内，男子的母亲在医护人员的帮助下，缓缓地坐了起来。感动一时涌上心来，男子激动地说："是华西的天使救了我妈妈的命。真的不知道该怎么感谢你们。"说着说着他退后了一步，"我给你们鞠一个躬吧！谢谢你们！我深深地谢谢你们！"男子弯下了腰，久久未起。

而这一个鞠躬，也让华西护士们内心震荡。在这条抗疫之路上，坚守的华西护士通过"呼吸康复操"帮助了成百上千位患者，为他们的肺康复助力，得到了患者的一致喜爱及关注。华西"呼吸康复操"不仅是华西肺康复护理的特色技术，更是华西呼吸护理人的骄傲。

"漫"话新冠

为了让科学、通俗的新冠肺炎科普知识更好地惠及普通百姓，2月19日，一群特殊的人临危受命，他们要赶在新冠病毒肆虐之前，将就诊、入院、住院、出院四大环节的40个新冠防控重点问题汇编成册，只为让普通民众更好地在疫情之下从容就医。

平日里，绘画只是他们的个人爱好。而此刻，手中的画笔却变成了一把抗疫利器。线上碰头会里，简短的自我介绍后，这群志趣相投的人便开始了伏案工作。为了不影响白天的正常工作，他们大都利用晚上的时间来创作。尽管很累，但因为热爱，他们心甘情愿与辛苦为伴。可是，怎样才能高效地完成这项艰巨的任务呢？来自手术室的朱道珺提出了"流水线式"作业模式，即根据每个人的专长，将编号、构图、描线、上色、修改等每一个具体任务分配落实到个人。每人在完成自己的作业部分后传递给下一个人继续完善，最后将风格统一后形成终稿，从而在最短的时间内完成图册的编汇。日夜交替间，他们废寝忘食，不停地涂画，只为尽早完成这一份图册，尽快筑起这一道无形的壁垒。案头台灯无言，手上画笔滑动，或许这盏"灯"，是从1854年的某个夜晚，由一个叫南丁格尔的天使点着，它就一直亮着，从未熄灭。这么多年

《"漫"话新型冠状病毒肺炎患者健康教育》封面

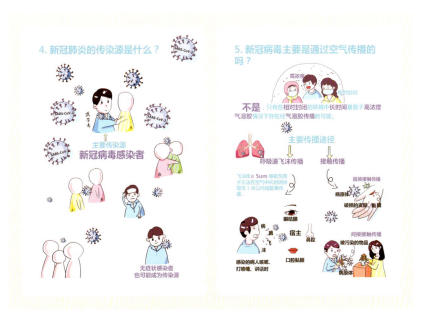

《"漫"话新型冠状病毒肺炎患者健康教育》内容节选

来，愈是危难时刻，它愈加明亮……

《"漫"话新型冠状病毒肺炎患者健康教育》目前已由人民卫生出版社面向社会公开发行。作为国内首部以漫话形式讲解新冠肺炎知识的科普读物，图文并茂的画册让老人和小孩更容易理解。疫情汹汹，住院患者的各种疑问亦能在画册中得到一一解答。

线上科普抗疫，康复护理在行动

除了亲身上抗疫一线，作为医务人员的我们还可以做些什么？

四川大学华西医院康复医学科的护士给了我们答案——作为"抗疫二线科室"，康复医学科专科护士长杜春萍组织护士长们召开了会议，经过讨论大家一致认为，疫情期间做好出院患者居家康复，维持患者现有功能，避免并发症发生是最重要的工作。

康复医学科现有三个病区，收治的病种多达数十余种。为了尽快将科普知识传递给大众，留给康复医学科护理团队的时间十分紧迫。如何在短时间内将这么多病种的科普内容保质保量地准备成稿并且及时推送？康复医学科护理团队全员参与，采取了分亚专业撰稿、"责任护士—护理组长—护士长"三级审稿模式。先由亚专业负责人筛选出常见病种及功能受限情况，然后由责任护士撰写科普文章，护理组长、护士长把控稿件的专业性及推送顺序，经过反复审核后再由微信公众号统一推送。

在推送内容和形式上，康复医学科护理团队也是下足了功夫。为了增加患者的阅读兴趣，大家利用诙谐幽默的川普口吻，通过文字、图片、视频等多种形式进行科普。为了增加受众面，通过多个微信公众号、QQ护患沟通群、微信护患群进行科普。为了避免信息轰炸、患者出现阅读疲劳，经护理管理小组讨论决定每周推送两次，推送时间分别为周三和周日。通过大家的努力，推送的科普文章点击阅读量不断创新高。

在这一次全国抗疫阻击战中，虽然绝大多数人都没能在一线参与战斗，但是康复医学科护理团队却用自己的方式尽可能地帮到了更多具有康复需求的患者。因为他们知道只要身穿这一身白色的战衣，便都是这次阻击战的战士，即使参与方式不同但目标却一致，那就是为了取得这次战"疫"的全面胜利。

通过康复医学科QQ护患群、微信护患群推送科普文章

采用图片、视频多种形式进行科普

| 芳草街道里的坚守 |

在这场抗疫战中，每寸土地都是战场。有这样一群人，他们是基层社区的忠实守卫者。他们走街串巷，拉网式地排查，他们的身影反复地出现在社区的每一个角落。他们，就是活跃在抗击新冠肺炎前线的社区工作者。

专业而科学的社区防疫网

王凤英是四川大学华西医院派驻芳草社区服务中心的护士长。新冠肺炎疫情下，她面对群众，肩负重任，但却充满信心！为了掌握所在社区居民的新冠肺炎感染风险情况，她决定深入社区进行入户调查。

王凤英及其团队挨家挨户入户调查

王凤英的团队有88个工作人员，主管9个辖区，涉及常住居民多达12万人。人口如此密集的小区，只有不到100名的工作人员，每天要入户2次，在那段时间里，王凤英不知道究竟每天走了多少路，也没有认真计算过。她只知道，即便没有电梯，他们还有脚，一步一个脚印，哪怕是再老旧的小区，他们也都要挨家挨户地盘查，不放过任何一个可疑风险。

防疫工作困难重重

在新冠肺炎疫情初期，普通居民看到不熟悉的防护服本能地会感到害怕。因此一开始，有很多居民不理解、不配合。有些居民看到穿着防护服的工作人员上门时，就有种被歧视的感觉。于是，有不给开门的，有骂人的。王凤英和她的团队只能一遍又一遍地耐心解释和沟通，才让入户调查工作顺利完成。

在这个特别的春节，大家都是把自己关在家里不敢出门，而他们却是冒着风险逆行。虽然有时会有些委屈，但他们仍然辛勤不辍。

想居民所想，解居民所惑

针对社区居民关注的新冠肺炎防控相关话题，王凤英带领团队制作了《新型冠状病毒肺炎防护指导（社区篇）》，内容涵盖了酒精存放与使用、正确佩戴口罩的方法、水银体温计的使用方法等；推出外出人员申报健康证明服务项目，有效管控居民新冠肺炎感染风险的同时，又方便了社区居民的工作生活；同时还转发由中国疾控中心出品的《漫话版新冠肺炎答小朋友20问》，通俗又接地气的科普宣传让芳草街道社区居民受益良多，居民的配合度也逐渐提高。王凤英回忆说，有一次家访时，一个小朋友在他们临行时唱了一首歌——"我不知道你是谁，我却知道你为了谁"，让她热泪盈眶。

30分钟的高效联动渠道

在日常工作中，有一户人家让王凤英印象深刻。那家人本处于居家隔离观察期，但是某天在没和社区工作人员报备的情况下，他们悄悄地搬到城内的另一处住所。社区工作人员发现后立即快速反应，启动高效联动渠道，在公安的协助下，30分钟后就找到了当事人，并将其妥善安置，继续居家观察。同时，针对当事人因为隔离观察时受到同社区居民的歧视而感到担忧和不满的心理，王凤英表示理解的同时，耐心地给予了解释和沟通，及时的心理疏导让当事人一家能够更好地正视居家隔离。

疫情下，我们向每一位社区工作者致敬！他们是劝别人在家自己却往前冲的逆行人；他们是为居民把牢疫情防控大门的守门人；他们是受累多、受委屈更多的平凡英雄；他们来自基层，却是每时每刻守护我们的人……正因为有像王凤英护士长这样的人存在，我们的疫情管控才能

四川大学华西医院华西心理卫生中心心理干预团队出发武汉前的合照

取得显著成效。

值此疫期，众人惶惶，政者，民者，商者，医者，患者，触其心者，皆患忧思！何以解忧，释其心，解其惑！四川大学华西医院心理卫生中心全体护士始终坚持，为民为众，释心解惑，皆尽力，盼疫除！

新冠肺炎肆虐而来，心理卫生中心已有7名护士分批前往武汉最前线，留守后方的也从没停止过战斗。截至3月12日，已有48名护士参与新冠肺炎疫情心理干预整合平台进行心理咨询，14名护士参与华西医院院内新冠肺炎心理咨询服务，7名护士参加督导，还有更多的医护人员为大众的心理健康编书、撰文、义诊，宣传心理健康知识，四川大学华西医院心理卫生中心微信公众号平台推送文章共60篇，官方微博发布微博314条。

心理卫生中心儿童老年病房护士长黄雪花说："在这场疫情中，我其实没觉得自己做什么事情。"但其实黄雪花每天除了处理病房的日常大小事务外，还利用自己休息的时间为大众心理健康编写心理干预书籍和科普文稿，甚至免费为大众做心理咨询工作。截至成稿时，黄雪花通过电话和网络平台接诊的心理咨询患者已达80余例，而这就是一位从事

今日（2020年2月7日）中午12:00，四川大学华西医院派出131人的医疗队作为国家援鄂抗疫医疗队赴武汉开展救治工作，这是医院为增援武汉新型冠状肺炎疫情防控派遣的第三支医疗队伍。其中医生30人，护士100人，工程师1人。这是华西医院历史上应对国家重大突发公共卫生事件一次性派出的最大规模医疗队。多达百名护理人员的参与也是对华西一流护理学科建设的一次特殊检

李娜和杨秀芳老师为主管护师、中级心理治疗师、国家二级心理咨询师，宫晓鸿老师为护师、国家三级心理咨询师。三位老师都承担过病房里康复治疗、心理治疗及心理咨询的工作，李娜老师还

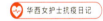

战场不同，使命相同---驰援武汉医疗队员李娜纪实

华西医院心理卫生中心 2月9日

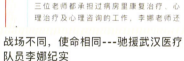

2020年2月9日 22:06

今天已经是到武汉的第2天，才有时间整理一下心情。

接到通知是前天晚上10点多了，突然接到了854开头的电话，心里一紧：医院的电话，通知

四川大学华西医院心理卫生中心新闻稿截图

心理工作20多年的老师眼中的"没做什么事"。

　　黄雪花说她接到时间最长的电话咨询来自一位年轻的母亲。当时电话接通时，黄雪花听到电话那头传来的声音似乎有些颤抖，咨询者说那是她的双手双脚在控制不住地抖动——因为她恐惧、焦虑！在疫情下，低热，还有轻微咳嗽的她，极度恐惧和担忧，害怕自己就是新冠肺炎患者，更怕自己传染上家人，传染上自己仅有5岁和8岁的孩子。她是家里的支柱，家里所有经济来源全靠她，要是自己得了新冠肺炎，这个家就

"为您的心理健康，我们24小时待命"心理
干预整合平台

支撑不下去了……说到这儿，她已泣不成声。她非常恐惧，不敢出门，不敢接触家属，把自己关在房间里，门窗紧闭，甚至把自己房间的门缝都用报纸给堵了起来，她担心一点点小缝隙都会把她呼出的气体传播出去。听到这位母亲的描述，黄雪花非常担心，希望能够缓解她的恐惧和焦虑。但是短暂的电话咨询，对她这种症状的改变实在有限。黄雪花只能尽可能通过专业的心理干预方法，给予充分的共情。咨询结束后，黄雪花心中一直记挂着这个母亲，到底有没有真正帮助到她？这次咨询能不能改变她的现状呢？但是由于后台设有隐私保护，她也没有办法再回访到这个咨询者。正因为如此，黄雪花突然想到，在这样的特殊情况下，也许还有其他人和家庭也有类似的处境，他们中可能还有人连电话咨询求助都不知道。那么，自己怎样才能帮助到更多的人呢？

黄老师便利用自己的专业知识，撰写了《应对新型冠状病毒感染的肺炎疫情：老年人心理支持与疏导手册》，专门针对疫情期间老年人心理健康问题的应对，后又参编了由四川科学技术出版社推出的《儿童战"疫"心理健康读本》解决儿童的心理辅导困惑，让更多人通过阅读这些科普书籍后能正确地应对新冠肺炎疫情带来的心理问题，减少焦虑和恐慌。

《儿童战"疫"心理健康读本》

　　除此以外，华西心理护理专家李小麟教授首开心理辅导教程，将其所学专业倾囊相授，为应对患者心理应激提供专业方法。随后心理护理专家孟宪东、罗珊霞、黄霞、卓瑜、陶庆兰等也相继推出《护理人员自我管理》《新型冠状病毒大众心理防护手册》《强迫症患者的心理建设》《中医穴位放松训练法》等科普文章，旨在为全国抗击疫情的所有医务工作者、正经历新冠肺炎困扰的患者、为疫情忧思不安的民众提供自我心理保护和缓解焦虑的方法。从心出发，在抗击疫情、守护心理健康中，真正做到"释其心，解其惑"，先安定内心，而后全力抗疫。

　　病者皆愈，此疫终胜，国泰民安，举国尽欢，这就是四川大学华西医院心理卫生中心全体护士的心之所盼！

本章素材部分源自四川大学华西医院胃肠外科：贺育华；四川大学华西医院护理部：蒋艳、龚姝；四川大学华西医院骨科：陈佳丽；四川大学华西医院呼吸与危重症医学科：冯梅、李青青、杨苟；四川大学华西医院骨科及血管外科综合病房：杨兴海；四川大学华西医院眼科：张鑫；四川大学华西医院手术室：朱道珺；四川大学华西医院康复医学科：张维林；四川大学华西医院芳草社区服务中心：王凤英；四川大学华西医院心理卫生中心：夏倩；《凉山日报》。

（本章编辑：贺育华）

第六章
力量之源

不负所托，只因为你

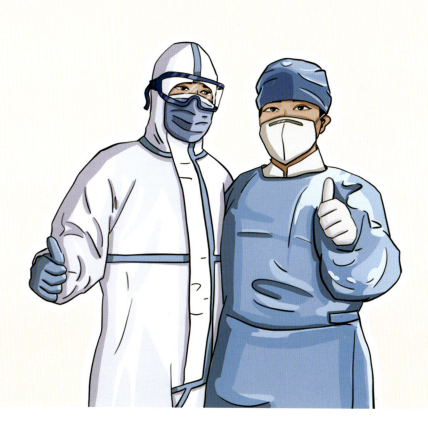

第一节

我无惧，因你我同心

我们有一身洁白

每个单体是水滴

但可汇聚成救死扶伤的甘霖神泉

每个单体是萤火

但可编织成人间杏林的璀璨星光

我们有一身洁白

成为疫情到来的这个年份最安心的色彩

我们的白衣战袍上

穿戴着万千的重托

我们有一身洁白

从不退缩是我们纯洁的品质

这个冬天

我们用人间最朴素的色彩去呼唤

春的到来

花的盛开

这花的名字叫希望之花

誓让它在最陡峭的山崖

怒放，盛开

——四川大学华西医院耳鼻咽喉头颈外科　余蓉　安静

2020年2月24日，中国—世界卫生组织新冠肺炎联合专家考察组在北京举行新闻发布会。世界卫生组织总干事高级顾问布鲁斯·艾尔沃德说："在全球也要不得不为疫情做应对和准备的过程中，我曾经像其他人一样有过这样的偏见，就是对于非药物干预措施的态度是模棱两可的。很多人都会说现在没有药，没有任何疫苗，所以我们只能拍拍手表示没有什么办法。而中国的做法是，既然没有药，没有疫苗，那么我们有什么就用什么，能怎样调整就怎样调整，能怎样适应就怎样适应，能怎样去拯救生命就怎样去拯救生命。"

在一线与后方，白衣战士们每天致力于抗击疫情，总会感动于身边的温暖，这些温暖一点一点合力，汇聚成无疆大爱。而这份爱就像蒲公英，吹到哪里，就在哪里落地生根，这是中国人的缩影，也是华西人的缩影。

异乡的亲人

卫新月是四川大学华西医院第三批援鄂医疗队的一名护士，在进驻武汉大学人民医院东院的20多天里，最让她开心的，就是收到从清洁区传到污染区的指示：通知患者准备出院。

当卫新月把消息告诉17床的朱阿姨时，朱阿姨高兴地拉着卫新月和她的同事一起合影留念。拍完照后，朱阿姨悄悄告诉卫新月，她的侄媳

朱阿姨和医疗队的合照

妇其实也是四川大学华西医院的一名护士。卫新月惊诧于朱阿姨待到出院才告诉他们，又想兴许她并不愿意给他们添麻烦，怕他们知道了之后给她特殊照顾。

朱阿姨性格十分可爱，拥有非常爽朗的笑声，每天她都会跟着护士一起在病房里面活动，动着动着就开始跳广场舞。平时她总害怕麻烦医护人员，见到穿着防护服的工作人员就一个劲儿说谢谢。有一天晚上8点过朱阿姨找到值班护士，面露歉意地说，病房马桶坏了，冲不出水。

夜间联系维修很慢，卫新月和同事抱着试一试的心态，凭着以前装修的经验竟也给修好了。朱阿姨很意外，开心的同时一直念叨着："你们真是太棒了！你们怎么什么都会呀。唉，你们爸爸妈妈要是知道你们干这些该伤心了……"

这一瞬间，卫新月觉得朱阿姨仿佛是把他们当成自己的孩子一样来心疼了，仿佛久未逢面的异乡亲人，一股感动充斥着卫新月的内心。

后来，朱阿姨曾提起的亲人——华西医院手术室护士覃燕问起朱阿姨的近况时，朱阿姨告诉她："你们医院的医生护士是最棒的，护士很细心，很热心，有求必应，比亲人照顾得还好。感恩他们无私的付出！他们是最美的天使和最英勇的战士！"

在武汉，卫新月听到最多的词语是"谢谢"，自患者抑或家属，他们是发自内心地感激。而她说得最多的，也是"谢谢"。疫情之下，每个人或许会不那么如意，但当我们在说谢谢的时候我们是幸运的，因为那说明我们得到了帮助。而当我们在听到谢谢的时候，我们也是幸福的，因为我们已经有能力去帮助他人。

白色外套

四川大学华西医院第二批援鄂医疗队所在的武汉大学人民医院东院里，一位新冠肺炎患者痊愈出院了，临走前他拿出自己一件干净的白色外套，他心里已经有了一个小计划。

这位小伙子曾是一名新冠肺炎重症患者，刚来医院时病情较重，很长一段时间里依靠无创呼吸机维持着肺部功能。小伙子在治疗期间特别配合，在医护人员的努力下终于脱离险境，逐渐恢复。

在即将康复出院时，他告诉刘瑶，自己能够重获新生都是因为来武汉支援的白衣天使们。但是每天见面都是隔着厚厚的防护服，只看得到双眼，却不知道大家究竟长什么模样。为了能够永远记住这群白衣天使，小伙子拎着那件白色外套，在病房里跑上跑下，让每位医护人员都在自己的白色外套上签上名字，表示要将衣服消毒后永久保存。小伙子和刘瑶聊天时得知他们来自四川，他还笑着说："有机会一定要请大家吃串串！"

也许从今以后，这位小伙子和刘瑶及其同事们再也不会相遇，也没有机会在一起吃串串。但此时此刻的感谢是发自肺腑的、是真心实意的，就像那件白色外套一样。能将这段记忆保存，对于每一位援鄂医护人员而言，便已经足够。

刘瑶护士与新冠肺炎痊愈患者的合照

| 你给的温暖，我收到了 |

2020年1月27日大年初三，四川大学华西医院急诊科收到了50杯温暖的咖啡，每一杯咖啡上面都手写了不同的鼓励和祝福——"你保护世界，我温暖你""当走进工作间那一刻，你代表的就是中国"……落款，总是一张笑脸。当天，四川大学华西医院在微博上公开向匿名的支持者表达了感谢——"我们并肩作战！"

从那天之后，一直持续到正月十五，那家咖啡店一共免费向四川大学华西医院急诊科赠送了14天、前前后后共计2 000杯咖啡。有媒体采访到背后的发起者，他说："我联系不到口罩，更没有多的资金买防护服……我们不是星巴克也不是瑞幸，能够捐多少万……我只是想做一些力所能及的事情吧，我有的只是这些（咖啡）。"后来基于防疫等多方面的考虑，在和医院、社区、街道等方面沟通后，赠送热饮咖啡的活动才不得不暂时告一段落。

而这样温暖的事情还有很多。2月10日，一位热心人来到四川大学华西医院急诊科，放下一个装有4盒手套、56个口罩的袋子就默默离开了。袋子里卡片上写着："华西各位医护人员，你们辛苦了！感谢你们再次支援武汉，医用口罩与手套数量不多，我已尽力从新加坡带回，你

四川大学华西医院急诊科收到的咖啡

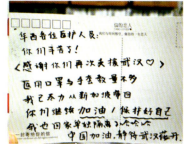

急诊科收到的口罩、手套和感谢卡片

们继续加油！保护好自己！我也回家单独隔离……中国加油！静待武汉花开！"

2月13日，四川大学华西医院放射科也收到了一批特殊的爱心蛋糕。每个蛋糕盒子上都有蛋糕店老板亲手书写的各位网友对医务工作者们的祝福。据不愿透露姓名的蛋糕工作室老板说，他就是看到放射科战斗在一线的工作人员的事迹，有感于医务人员在抗击病毒战"疫"中的辛苦，特意精心赶制了一批精美的蛋糕，亲手在每个蛋糕盒子上写下了网友们的祝福和关爱，用这种方式表达自己对战斗在抗疫一线的医务工作者的敬意。

2月14日，四川大学华西医院隔离病房收到一堆匿名的玫瑰花，专程送给"默默无闻的英雄"护士小姐姐们！至于男性医务人员也是有"礼物"的，有位理发师志愿者当天上门免费给医务人员剪头发。

虽然只是一份小小的礼物，却让奋战在工作岗位的医务人员感到温暖。一杯咖啡、一块蛋糕、一枝玫瑰，都是社会对医务人员的认可与关心，让他们拥有继续前行的动力。

裂缝中的阳光

她，是我的房东。

一个性格随和，很暖心的姐姐。每回一趟老家都会给我和室友带一些小礼物。在疫情发生之后，她主动打来电话关心我们两个人的生活和工作情况。她说："我最近看到网上有的小区为难医务人员，不让他们进小区，我就打电话来问问。你们两个小姑娘也挺不容易的，一定要注意安全啊。"更让我感动的是，房东姐姐还主动减免了我们一个月的房租，经常关心我们在小区里有没有遇到什么困难。她让我在成都独自打拼的日子里，感受到了"家"的温暖。

他，是我所在小区的门卫。

一个善良尽责的叔叔。印象中的他话不多，每天坚守岗位，对出入小区的每一个人都很熟悉，严格登记。他对我和室友也很热心，知道我们是护士，因为在疫情期间，整个小区只有我俩每天早出晚归，上下班路过大门口的时候会主动跟我打招呼，早上也会提前帮我把门打开，还不忘叮嘱我上下班的路上要注意安全。这些看似微不足道的小事情，都像一道光，照亮了我的生活。

我想他们只是一个城市的缩影，还有无数个像他们一样的人，在这些平凡的日子里，默默无闻地给人带来爱和力量。他们，便是裂缝中的阳光。

ICU的宝，低调的大伯

ICU有位罗老头儿，当过主任，是个教授，大家都叫他"罗大伯"。

这么称呼罗大伯的人，和罗大伯的年龄差距大致都有30岁，叫的人饱含尊敬，应的人自然随性，没有一点别扭。现在想起来，这就是一种岁月静好。

平时限号的时候经常打车上班，司机说："华西的人上班干嘛这么早？"我说："住得远，难免堵车。"但每当这么回答的时候，心里汗颜，因为我总是早不过罗大伯，平日里是我们还在整装，他就已经开始早查房了。

罗大伯曾说："ICU的医生就是要守着患者。"不同层级不同年资的大大小小的同事们都目睹过，或者协助过罗大伯床旁为患者换药。一站至少半个小时，换完一张床又去下一张床。没听老人家怎么喊累过，而是讨论着这个腹腔怎么样，那个腹腔又怎么样。情况好的，神态里透着骄傲；情况严重的，语气里透露着恨铁不成钢，言语碎碎，一片仁爱之情。

今天刚忙完，科里的同事告诉我，罗大伯给我们捐献口罩了！这批口罩从越南辗转澳大利亚再到成都，路途遥远，走了一个多月。算算日子，出发时正是我们众志成城支援前线的艰难时刻。而罗大伯就自己一个人闷声做大事，令我们非常感动。

罗大伯是华西的宝，是ICU的宝，我们也是罗大伯的宝。老人家一再强调他要低调，莫要扰了他的清净，这份可爱之处，也是罗大伯性格的体现。

关爱满满，老中医赠防流感香囊

新冠肺炎疫情蔓延，为确保老专家的健康，1月26日四川大学华西医院发布通知，大于65岁的返聘专家暂停门诊。这可急坏了中西医结合科多名不能上门诊的老中医。

他们没有一刻不心系医院，多次打电话问候科室患者情况，催促医院早日恢复他们的门诊，希望能为疫情出力。

其中，张瑞明老中医在家也没有闲着，经过几天的努力，她亲手为一线医护人员精心制作了100个"防流感香囊"，深受大家喜爱。

中医自古就有用香囊来避瘟除秽、芳香化浊的记载，香囊属外治法的一种，嗅吸其药气不仅可以增强人体正气，还可有效化除从口鼻而犯的"瘟疫之气"。香囊通过独特药物之气味的释放与人的嗅吸，可改变口、鼻黏膜酸碱环境，遏制流感病毒通过口鼻传入的可能性。

这是多么珍贵的礼物！香囊淡淡的幽香不仅有益于预防流感，更是代表了老一代中医人对医护人员满满的关爱！

| 线上的心灵倾诉 |

在武汉支援期间，蔡琳印象最深的无疑是跟低压氧做斗争的那段"黑暗"日子。搬氧气钢瓶是个体力活，对于在自家科里几乎没有机会搬运重达50 kg氧气钢瓶的女生来说，是巨大的挑战。医护人员们不仅要随时巡视病房以保证患者的安全，还要在各个楼层搜罗其他科室暂时没用的氧气钢瓶作为储备，为重症患者及时更换氧气瓶，同死神做斗争。

氧气钢瓶在某种意义上就等于患者的生命。

那段日子，不论是上班还是下班，蔡琳的脑海里总想着要是氧气钢瓶不够了该怎么办？要是没有及时发现氧气钢瓶没氧了怎么办？要是医院的氧气钢瓶没有及时供应上，患者吸不上氧了怎么办？重重的困扰接踵而来，蔡琳心理压力很大，上班变得焦虑，氛围很凝重。

当压抑到极致的时候，总想有个倾诉的人在身边，小儿ICU的漆贵华老师也是同样的想法。于是她们两人，只要晚上有点时间，就会在微信上互相倾诉，互相鼓励、打气。

"今天上一班的老师把氧气流量表拧得太紧了，我拧不开，等着下一班的同事来拧的，幸好氧气瓶还有氧气。"漆贵华说道。

"哈哈，看来我们得多做几个俯卧撑，锻炼得更有力量才行。"蔡琳说，"搬运氧气瓶的推车不知道去哪了，我练就了一身转钢瓶的绝技，那样转得快。"

"你是和氧气瓶在转圈跳舞吗？"漆贵华回复了一个大笑的表情，气氛顿时变得好了起来。

就这样，你一言，我一语，苦中作乐，让蔡琳在搬氧气钢瓶的时候感觉肩膀上有一双温柔而有力的手在推动她前进。不论条件如何艰苦，努力发现一件事美好和有趣的一面，是她们迎难而上的动力。正因如此，蔡琳和漆贵华老师结下了深厚的友谊，让她们彼此在援鄂的60多个日夜里携手前行。

第二节
爱你千千万万遍

你有你的铜枝铁干，

像刀，像剑，也像戟；

我有我红硕花朵

像沉重的叹息，

又像英勇的火炬。

我们分担寒潮、风雷、霹雳，

我们共享雾霭、流岚、虹霓，

仿佛永远分离，

却又终身相依。

这才是伟大的爱情，

坚贞就在这里：

爱——

不但爱你伟岸的身躯，

也爱你坚持的位置，

足下的土地。

——节选舒婷《致橡树》

并肩作战

王瑞，四川大学华西医院消化内科副护士长，党龄13年，四川大学华西医院援鄂医疗队（第三批）队员、青年先锋队副队长，驰援武汉大学人民医院东院重症病房。

她的先生陈心足，是四川大学华西医院宜宾医院副院长、胃肠外科副教授，党龄17年，四川省援助湖北应对新冠肺炎疫情医疗队（第七、第八批）临时联合党委副书记、领队，驰援华中科技大学同济医学院附属协和医院肿瘤中心。

一个在成都，一个在宜宾，相隔两地。

她在电话这头淡淡地说："明天一早我就去武汉了。"

"……好，注意安全，保护好自己"，陈心足听到后，稍有迟疑，随即嘱咐道。这不是甜言蜜语，却饱含无尽牵挂。这背后亦是全力支持，互相理解。

在王瑞前往武汉的6天后，2月13日，陈心足接到了支援武汉的任务通知。这天王瑞进病房之前，请同事在防护服背面写上——"并肩作战，欢迎桔子、樱桃爸"。

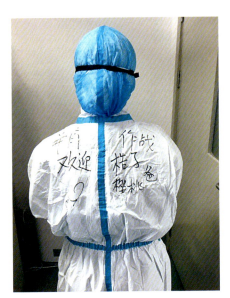

得知丈夫也即将支援武汉，王瑞在防护服
上写上"并肩作战，欢迎桔子、樱桃爸"

桔子、樱桃是他俩的两个女儿。孩子还小，桔子刚过五岁生日，爸妈都没在身边，但她知道她的爸爸妈妈在支援抗疫。

"实际距离靠近了，却还是没有机会见个面。"王瑞和陈心足分别在武汉两家新冠肺炎重症定点收治医院支援。10天过后，他们终于因为交换物资的机会见到彼此，却不能拥抱，相隔2米。

他说："从宜宾追到武汉，总算是见上了一面……"

但这次见面，也不过是匆匆一瞥，互相确认安好后，随即又要投身到战"疫"中去，陈心足对妻子承诺道："回到成都，陪你吃一年的火锅。"

王瑞笑着点头答应："先救人，等平安回去再说。"

短短一个小时，他俩又分开了，相隔30公里。

爱的小菜

吉克夫格平时很受同事们羡慕，因为他有一位美丽又能干的妻子。妻子是个漂亮的彝族姑娘。两人从小就是同学，青梅竹马，如今结为夫妻，在朋友、家族中传为佳话。

妻子也是一位护士，平日里她总爱给吉克夫格做各种美味的食物。吉克夫格说："她平时除了上班，就爱弄这些，虽然没在我们医院工作，但我很多同事都认识她。她有一手好厨艺，看我的体形就知道了。她每次出门就怕我饿肚子，都把箱子装满。"

吉克夫格收到要前往武汉支援的紧急通知后，他的妻子连夜准备了自制辣椒酱和什锦小吃，连他的同事也每人都有份。

她说："其他的我帮不了什么，只能好好照顾他的胃。去了武汉，一定很辛苦，只希望他能保重身体，健健康康地回来。"

这些小菜陪伴了吉克夫格在武汉的每日三餐。每当吉克夫格拖着疲惫的身心下班回去，准备用餐时，一定会打开盒子尝一尝妻子亲手做的辣椒酱，这让吉克夫格从味蕾到身体满血复活。

| 特别的情人节 |

2020年的情人节，是李阳参与援鄂的第七天，武汉刮起了七级大风。

回想起七天之前，突然收到征召那刻，李阳挂了电话后，看着满脸忧心的妻子说："我们去国贸逛逛吧。"

妻子说："你是要准备出发了吗？"多年的陪伴，让她已成为最懂他的人。

得到肯定的回答以后，妻子没有多言，而是和李阳一起去超市买了一些生活用品，想着尽可能多准备一点要带过去的行李，免得在武汉的日子缺这个短那个。

那天晚上，李阳遭遇了29年来人生第一次失眠。他能感觉到妻子也没有入睡，他也深深地预想到此次防疫战斗的艰苦。但他不怕，他相信自己的团队，也相信自己的知识和技能，但他最放心不下的还是她。

他想对妻子说的何止千言万语，那些担心、那些安排、那些叮嘱，都想一一说给妻子听，不过话到嘴边又咽了下去。十指紧扣的力量让所有的语言都变得苍白，"此处无声胜有声"是李阳在那晚的深切体会。

在武汉的李阳，每天下班以后都会跟妻子视频通话，雷打不动。他说这是老婆要求的，大家都打趣地说李阳是典型的"炮耳朵"。李阳听了也只是满脸幸福地笑，既不承认也不反驳，一副正处在浓情蜜意闲人勿扰的模样。

每天视频的内容其实也很平常，互相缓解一下彼此的焦虑，再交代一番注意事项。但李阳每次挂完电话后，整个人都像是重新充满电，卸下了紧张的情绪，一扫上班的疲惫。

思念和牵挂是李阳前行的动力。600公里的距离，因为爱，再远的距离也不再遥远。

李阳在情人节为妻子写的情书

爱存在的方式不止一种，它也许不够浓烈，需要你在字里行间去捕捉。它也可能不够浪漫，但它能出现在你吃的每一粒米、每一道菜中。

第三节
见字如晤

我从不肯妄弃了一张纸

总是留着

留着

叠成一只一只很小的船儿

从舟上抛下在海里

有的被天风吹卷到舟中的窗里

有的被海浪打湿，沾在船头上

我仍是不灰心地每天地叠着

总希望有一只能流到我要它到的地方去

母亲，倘若你梦中看见一只很小的白船儿

不要惊讶它无端入梦

这是你至爱的女儿含着泪叠的

万水千山，求它载着她的爱和悲哀归去！

——冰心《纸船——寄母亲》

我身边的抗疫英雄

我的妈妈是四川大学华西医院胆道外科的一名护士。

2020年1月21日，我已经结束了期末考试，晚上妈妈跟我说："明天我和爸爸带你去西岭雪山，快收拾一下行李，明天早上出发。"我顿时心花怒放，收拾了行李，第二天我们来到了西岭雪山。

正玩儿得开心，妈妈接到了通知说新冠肺炎暴发，武汉很严重，医院要组织一批人员去支援武汉。妈妈不假思索地报了名。我心里十分不开心：第一，妈妈没有和我商量；第二，我担心武汉疫情这么严重，妈妈去了就不知道什么时候能回来。后来妈妈说第一批和第二批她都报了名参加，但是单位没有批准她的请求，不一定会去。听到这里，我心里的石头落下了地。

从西岭雪山回来后，我和妈妈一起过了一段快乐的时光。2月6日深夜，我睡得正香时突然被一阵噼里啪啦的声音吵醒了，我看到爸爸拿出了大号行李箱在收拾东西，我问爸爸："您在干什么呢？"爸爸回答说，明天妈妈要去武汉支援抗疫，他在帮妈妈收拾行李。我听到这个消息的瞬间，整个人呆住了，心想妈妈明天就要走了，待在家中不好吗？妈妈看出了我的疑惑说："儿子啊！我知道你很不愿意，在国家有困难的时候，在条件允许的情况下，我们一定要帮助自己的国家，为什么呢？因为我们是中国人！"

第二天早上6点，妈妈进到我卧室轻轻地叫醒了我，对我说："儿子，妈妈走了，你在家里一定要听爸爸的话，好好学习，妈妈在武汉也会加油的。"我瞬间哭了，这时我才明白什么叫心痛、什么叫泣不成声。爸爸拉着行李对妈妈说："时间到了，该出发了。"妈妈答应了一声，然后轻轻地抱住了我，拍拍我的后背，什么也没有说便转身离开了……从此以后，妈妈在我心里便成

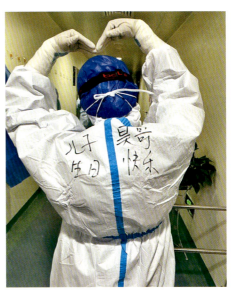

前线的李雯遥祝儿子生日快乐

了英雄。

2020年2月14日那天，是我一辈子最难忘的日子。那天我早早起了床，呆呆地望着天花板。突然手机响了，一看是妈妈的微信消息。妈妈发来的照片里，她戴着口罩，穿着防护服，因为不能说话在背后叫同事帮忙写了一句：儿子昊哥生日快乐。短短的8个字，我的心瞬间如同打倒了调料瓶一般，滋味万千。远在武汉的她在百忙之中还想着我的生日，这就是我的英雄妈妈。下午我收到了妈妈的蛋糕，但妈妈不在我身边，蛋糕吃进嘴里也没那么甜了。

妈妈的言行，常常让我思考，目前我国疫情已得到控制，这些都是战斗在一线的所有英雄辛勤付出而换来的不易成果。妈妈作为一名优秀的共产党员为国奉献，舍小家顾大家的精神值得我学习，我为之前自己只想把妈妈留下的自私心态而内疚。我为有这样一个妈妈而骄傲。

武汉加油，一线的英雄们，望你们平安归来！

（四川大学华西医院第三批援鄂医疗队护士 李雯之子范文昊）

妈妈！我们等你早点回家

2月6日晚上11点，妈妈打开我的房门，本来我打游戏正打得开心，想着妈妈肯定又是进来催促我赶快睡觉了，还想着怎么蒙混过关，就听到妈妈平静地告诉我她接到通知，第二天一早就要去武汉。

当时我的脑袋里一片空白，丢下手机，一把抱住妈妈，眼泪不争气地流了下来。我知道在这个危急时刻我应该全力支持，可我还是自私地想让妈妈远离那些危险。我不敢在妈妈面前哭得太大声，怕会影响到妈妈的情绪，因为我能明显感觉到妈妈的不舍，所以我只能尽量憋着哭腔，说妈妈你一定要注意安全。

妈妈收拾好行李准备出门时，爷爷中气十足地跟妈妈说着"对的，这种时候就应该为国家做贡献"之类的话。再然后我就听到了关门声，我没忍住大哭了起来，奶奶来安慰我，给我讲道理，让我不要太担心。

其实这些道理我怎么会不懂呢？可是妈妈只是我一个人的妈妈啊，我又怎么会不担心难过呢？

后来过了几天爷爷才告诉我，原来他从心底也是不愿妈妈奔赴前线的，可是既然命令已经下达，那我们就必须要支持妈妈，做妈妈坚强的后盾！

现在的我长大了，越来越不喜欢把"我爱爸爸妈妈"这种话挂在嘴边，觉得那都是小朋友才会说的话。可是这次的疫情让我知道，爱一个人你就要告诉她，所以，妈妈，我爱你！我们等着你平安归来！

祝愿所有和我妈妈一样的医护人员都能平平安安地回家！

（四川大学华西医院第三批援鄂医疗队护士　彭小华之女）

辰　辰

儿子辰辰，今天7岁了。

当得知妈妈要到武汉支援的时候，一向活泼的他沉默了。一言不发地坐在自己的房间里，小脑袋耷拉着，无精打采。

我不知道他是否真的懂得此次逆行的意义，但辰辰始终没有开口让我不要走。看到我在收拾行李，他不知从哪儿找到一包糖，对我说："这个，你要一天吃一颗，吃完了就必须回家了。"

我来不及去责问这包糖是怎么逃过我"监控"的，因为我看见我的儿子，小小的脸上满是隐忍不哭的懂事与倔强。我才知道，原来7岁的孩子是明白的，懂得此行的困难，懂得我必须前往的责任，但他又是多么不希望妈妈离开……

出发日的早晨，辰辰还在熟睡，我有点故意去选择这个时间离开，也是担心昨晚辰辰那颗没有滴下来的眼泪，今早会热腾腾地砸在我手里。那个场景我不敢想，怕心一软，就走不掉了。

但后来据老公说，孩子很懂事，起床看到妈妈已经走了没有哭也没有闹，反倒还劝外婆说："妈妈是去战斗的，是去打赢这场疫情阻击战的，妈妈是英雄！如果我长大了有机会我也会像妈妈一样去战斗。"

孩子的懂事与善解人意，使我那些放心不下的焦虑都消失得干干净净。

在武汉的日子，想家想孩子是最难熬的。所以结束了一班高压的工作以后，回到驻地，给孩子打打视频电话，就成了我最幸福的时光。

孩子也总能给我一些意外的惊喜，一向不擅长画画的辰辰，居然画了一幅画送给我！爸爸说这是他花了一天的时间才画好的，用心极了。画完后，他就算到了饭桌上吃饭也心不在焉，鸡腿吃着都不香。一问才知，他心里时刻都记挂着那幅画，就等妈妈下班，迫不及待地要送给妈妈，展示给妈妈看。

潘华英儿子辰辰送给妈妈的画

已经离开家一个多月了，每天晚上孩子都会跟我分享今天他的所有情况，无数次隔着电话喊着妈妈，舍不得挂掉电话，睡觉要挨着妈妈的枕头。看着视频里的孩子，我心里觉得很愧疚，因为在孩子需要我的时候，我不在他的身边。

今天看到新闻，比我更早一点来到武汉的"战友"们，已经陆续光荣返程了。载着医护人员的大巴车刚驶入停车点的时候，镜头里的小朋友，虽然还牵着爸爸的手，可全身已经迫不及待地想冲出去了，一蹦一跳像极了我的辰辰。

我想等我回家的时候，辰辰一定也会来车站接我。我戴着口罩，也许他会愣神，一时半会儿没有认出来，但他发现我是妈妈的时候，一定会快步扑到我的怀里。那个时候即使他哭了，我也不怕，那是委屈过后又能有妈妈疼爱的泪水，我会抱着他，亲亲我的小乖乖，告诉他"坏蛋"被妈妈打跑了，有他在，妈妈什么都不怕！

（四川大学华西医院第三批援鄂医疗队护士 潘华英）

出征源为爱国情怀，坚持始于家人鼓励

距离武汉封城已51天，出征武汉已36天。离别时，我与大女儿约好每日视频通话，没想到在武汉支援的日子里，她还主动要求每日舞蹈打卡、书写练习、日记汇报。

离别第5日，老公携大女儿为我制作了加油小报。女儿说这幅画中有她和妹妹，她们都希望我可以早日回家，给她们一个大大的拥抱，小报中几个简单的场景就充分诠释出孩子心底最殷切的期盼。女儿制作的另一幅画，她说有医务人员、警察叔叔、志愿者一同携手，一定可以将病毒气球逐一击破。老公说等疫情结束后，他想带着一家人去旅行，重新看看这个美丽的世界。这份小小的期许为我增加了一份向前迈进的动力，我们一定可以早日战胜疫情，笑着摘下口罩。

离别第20日，家人制作视频为我加油鼓劲。视频中，他们道出了家里的近况、医院对家属的照顾、对我的思念和对战疫必胜的信心……看着他们的理解与支持，我的心里少了一份担忧，小家有组织照顾，我们还有什么后顾之忧呢！

离别第31日，"三八"国际妇女节之际，大女儿提前一天告诉我会给我准备礼物，已经准备了一下午，要第二天才会给我惊喜。第二天一直盼到中午都还没有见到女儿的礼物，老公偷偷地告诉我到现在还没有做完呢！这是怎样的一份礼物，需要让学过画画的女儿花这么长时间制作？等到下午，答案揭晓啦！原来做的贺卡是参照网上视频完成的，有

冯燕的女儿为她制作贺卡

些部分还需要爸爸的帮助，贺卡很精致，甚至还能够动态展示。

因为用心，所以这成了女儿目前耗时最久的一次制作，礼物除了写满祝福语的贺卡外，还有姐姐、妹妹共同完成的歌曲《好妈妈》。看见孩子们赠送的爱心贺卡，听着孩子们口中"她是这个世界上最好的妈妈"，我不禁泪目，妈妈还需更加努力，守护你们，守护患者，守护祖国！

（四川大学华西医院第三批援鄂医疗队护士　冯燕）

第四节
榜样的力量

小时候

您是我的榜样

给予我力量

让我学会坚强

长大后

我就成了你

让自己成为自己的光

用我们的爱

托起中国的希望

——四川大学华西医院甲状腺外科　胡紫宜

有一个家，叫作华西

2020年2月7日，四川大学华西临床医学院门前有些不同。往日这里只有人们来去匆匆的身影，今天却十分热闹。这里集结了四川大学华西医院第三批援鄂医疗队一行130人，他们即将踏上逆行之旅。很荣幸，我也是其中一员。

我看到很多朋友、家人和同事都来了。大家强忍着内心的不舍和担忧来为我们送行；所有队员的科室、部门领导都来了，他们就像一个个家庭的大家长，轻轻地拍拍队员的肩膀，"别着急，你放心去武汉，家里的工作还有我们";他们拉起队员的手,不紧不慢地嘱咐道:"不要掉以轻心,保重身体";他们给了队员一个个温暖的拥抱,"别害怕,不是你一个人在战斗"……四川省卫健委和医院的领导也来了,李为民院长、张伟书记带我们重温了医学生誓言"我决心竭尽全力除人类之病痛,助健康之完美,维护医术的圣洁和荣誉……"每一个字、每一句话都让我们临行的脚步更加坚定。

为了能给即将奔赴前线的我们提供安全的保障,医院各科室、各部门连夜准备了大批量防护物资。有的队员所在的科室当时只有5套防护服,领导却拿出4套让他带去武汉;有的队员所在的科室当时仅存50个医用N95口罩,领导却悄悄在他包里塞了40个。还记得临走时,张伟书记握着大家的手说:"穷家富路,虽然防护物资缺乏,我们在家的想办法扛过去,但是一定会给你们带上充足的物资,一定要保障你们的安全。"大家都流泪了,是感动、是骄傲、是自豪。送我们前往机场的大巴车缓缓启动,我们受到了如同英雄一般的待遇。此刻,内心激动万分,所有的恐惧、忐忑、担心都被作为医务工作者的责任、担当和骄傲抹去。我们定当不辱使命,顺利完成任务,平安归来。

在武汉的日子是辛苦的,严峻的疫情形势、紧缺的医疗物资让我们一度犯难。但是因为有华西,所以我们没有被困难打倒。大华西从来都是那个最接地气的温暖的家,领导除了为我们筹备了大批量的医疗防护物资外,还考虑到武汉的天气情况,为我们准备了秋衣秋裤、加绒外套、电热毯等各类抗寒物资,连内衣裤都想到了,真是让我们感受到了家长从外到内的爱。当然,还有更贴心的,领导们担心我们不适应武汉的饮食,特意让后勤膳食部门给我们准备了各类川味食品——泡鸡爪、自嗨锅、牛肉干……让大家在武汉的日子时刻都能品尝家乡的味道。不仅如此,医院党办、院办还建立了生活保障微信群,每天都在征集大家的需求,最大限度地满足大家的需要。在我们来到武汉的这些日子里,医院送来了一批又一批的个人防护和生活物资,每天最开心的便是到临时建立的"物资超市"选取自己需要的物品。

当然,除了生活和工作上的支持,医院还为大家送来了情感上的慰藉，组织部、宣传部、工会等部门特意在情人节、妇女节这样特别的日子里，为大家制作了视频和音乐相册，里面都是医院收集的队员亲属的视频祝福和照片，在打开视频和相册的那一刻，每一名队员都湿润了眼眶。

家和万事兴，只有后方稳定了，才能让我们冲锋在前、安心工作。从医院到部门、科室的领导都用电话、视频的方式向我们的亲属表达了慰问，也向他们介绍了我们在前线的一些情况，让我们的亲属能放心，全力支持我们的工作。同时，医院还专门为家属准备了"抗疫慰问大礼包"，部分科室还给队员的家属配送蔬菜，这一桩桩一件件都让我们的家人感受到了来自华西的温暖和爱。

我们在这个充满恐惧和寒冷的城市里，毫无畏惧、安心工作、救死扶伤，心里很暖，因为我们被武汉和华西照顾得很好，我们有热血，有动力，有靠山，有方向，有能力，有希望！

（四川大学华西医院消化内科 王瑞）

长大后我就奔向了你

深夜23点40分，肝移植患者出室转入ICU，上"肝移植听班"的我终于下班了。我沿着昏黄的路灯一个人走回家，彼时下着细细的小雨，空气里裹着一层氤氲的雾气，私心想着："呵，我现在也是个月亮天使了呢！"

思绪随着缥缈的白雾越飞越远……

1994年，大亚湾核电站正式投入商业运行，我呱呱坠地，家里的老党员——我的爷爷，觉得咱们国家还需要继续建设，便把我的名字取为绍建。老人的愿望朴实而真挚，我便也顶着这个愿望快快长大了。

1999年，幼儿园大班，当初的胖小子变成了幼儿园里的乖娃娃。学会了排排坐，吃果果，还学会了认真听讲。那天，幼儿园的老师在黑板上画了一朵莲花，激动地说着我似懂非懂的话，她说："孩子们，今晚要记得打开电视看新闻哦，等了太久的澳门终于也在香港之后要回归了！"回归？什么是回归，我们大都歪着脑袋认真地听着，回家都乖乖守在了电视前，那晚看了什么节目都忘了，只记得那句"你可知Macau，不是我真姓"。此后，幼儿园老师还说了好多好深奥的话，什么西部大开发，什么世界卫生组织，还教我们饭前便后一定要记得洗手，才不会生病⋯⋯

时光跌跌撞撞就到了2003年，我系上了红领巾，带上了肩上的两道杠，我是中心小学一名三年级的少年先锋队员。家里有个"根正苗红"的退休党员爷爷，我们家的电视黄金档便是每天19点整雷打不动的新闻联播。记得有段时间，广东、怪病、肺炎等字眼越来越多，荧幕上的人全是衣服、口罩、帽子覆盖全身的样子，然后大家也开始跟着在家里囤了好多的醋和板蓝根。学校开始在洗手槽配备肥皂，每天还要喝一大盅难喝的中药，同桌打个喷嚏都要用校服把口鼻捂起来。后来，我才知道，原来这个波及全球的怪病叫作"非典"。这样的情况过了半年才渐渐平息下来。那年我也记住了一个人名"叶欣"——广东省中医院急诊科的护士长。还记得那天我搬着小板凳坐在电视前，听着主持人讲着她为了减少同事感染的概率，把什么苦活、累活、危险活都揽在自己怀里，最终不幸感染"非典"，英勇牺牲的事迹，不知不觉我的眼泪就流了下来。那是我第一次感受到了叶欣对生命真挚的爱和敬重，她是一本书，每一页都为了生命而燃烧，向死而活。而似乎也有一颗种子在那晚的眼泪里种在了我心底某个地方。

时针拨到了2008年，西南处，国有殇。那场里氏震级8.0级的地震震动了国人的心，也把多年前种在我心里的种子震得长出了新芽。我的家乡绵竹属于极重灾区，震后停课，我们几个半大孩子每天窝在体育馆和大学来的志愿者们插科打诨。那段日子，我记住了到处插满的"众志成城""抗震救灾"旗帜的红色，记住了奋不顾身的解放军和武警战士的绿色，记住了搜救队员醒目的黄色，也记住了帐篷板房区重建的蓝色，更记住了医护人员肃穆的白色。

2012年，高三，我坐在国家特殊党费援建的新高中里，默默交出高中三年攀登之旅的答卷。不管结果如何，我都决定了我要报考医学院校。为了那年小板凳上流下的眼泪，为了初二那年板房区映在脑海里的圣洁白衣。

彼时的你呢，四川大学华西医院2009年大力开展优质护理，2010年列入了"国家重点专科建设"，2011年由从属临床医学的二级学科升级为一级学科，同年还提出了《护理事业发展规划纲要》。

2015年，我是一名大三护生，正式进入临床实习。

你好！四川大学华西医院。

生命就像一条平静的河流，带着琐碎的爱恋与牵绊，缓慢流过，如此而已。但我在你这里，却度过了无数个难忘的日夜，在心身病房和焦虑抑郁的人们一起在那个小小的房间分享秘密；在泌尿外科和老师一起进行了连续4个小时的抢救，给患者实施CPR（心肺复苏术）；又同刚做母亲的老师在手术室一起安慰害怕做手术的小妹妹，用丁腈手套做笑脸娃娃逗她开心，看着两个人都哭红了眼睛，也难免转过身鼻子一酸。

2019年，两年的规范化培训结束，我顺利留院，留在了这所当时来了就想留下的医院，成了一名手术室护士。

2020年初，全国疫情暴发，你当仁不让地站了出来，先后派遣了4批医疗队驰援疫情重地武汉。抗击新冠肺炎的四川主战场——成都公共卫生临床医疗中心，也有你抗疫的身影。同时，你深知科学抗疫的重要性，严谨且争分夺秒地为临床提供循证依据；结合经验编写出抗疫手册为全国各级各类医疗机构有效应对新冠疫情提供了重要的建议……

鲁迅先生说过："生命的路是进步的，总是沿着无限的精神三角形的斜面向上走，什么都阻止他不得。"我想这斜面的下面一定是用寂寞和艰辛堆砌的坚实的泥土。在这个飘雨的夜里又把这很多年的经历放映了一遍，那些想留住的、想牢牢抓在手中的，原来都记在了心里面。是啊，我的生命早就烙下了你的印记，长大后我就奔向了你。

（四川大学华西医院手术室 黎绍建）

| 在疫情中锤炼党性 |

我最初对党的认识，源于在青年时代就加入了中国共产党的父亲。身为农民的他，对于生活是随性的。但从我记事起，每次有关党的活动，父亲都会毫无例外地放下农活，风雨无阻，准时准点参加会议。那时，我就很好奇，是怎样的组织，会让随性的父亲如此严谨认真、一丝不苟。没有高学历的父亲，虽没有给我讲出高深的道理，但在幼小的我的心里，却把父亲视为英雄。我懵懵懂懂地告诉父亲，要向他学习，成为共产党员。父亲告诉我，现在要好好学习，只有优秀了，长大后才能入党。那时的我并不懂党性，但那懵懂的认知，却是我前进方向上的灯塔，让我拥有了前行的力量。

2003年的"非典"时期，我还在象牙塔内，被祖国当成花朵细心地呵护着，不知道"非典"的严重性。也就在那时，我幼时心中埋下的种子萌芽了。大学时我认真地写下了入党申请书，但还在考察期时，我大学毕业了。毕业后回老家参加工作，我没有忘记我的理想。我再次向单位党组织提交了入党申请书。

在努力进步的路上，我没有停歇。入党的道路走得漫长，但我没有一刻想过放弃。因此，来到四川大学华西医院后，我第三次郑重地提交了入党申请书。还记得胡建昆书记询问我入党动机时，我讲述了我的入党心路历程。胡建昆书记说，这种持之以恒、不言放弃的精神，是符合党员特性的。在胡建昆书记的肯定及党组织的引领下，经过考察，功夫不负有心人，我如愿以偿地成了一名共产党员。那时我对党性，有了初步的认识。

2008年汶川大地震，我被派去支援骨科。我为地震伤员的遭遇难过，也被一幕幕的温暖打动着。地震伤员的床头桌上，每天的食物琳琅满目，日用品一应俱全，那是一批批默默无闻的志愿者，奉献着自己的爱心。他们从不介绍自己，不曾留下姓名，他们只是悄悄地放下自己的心意，便匆匆地离开了。在国泰民安、安定祥和环境下成长的我，党性被这样一个个温暖的人激励着。从那以后，我的人生字典里便无所谓"吃亏"二字，只有雷锋精神在成长壮大。生在和平年代，我对党性的理解，没有金戈铁马的豪迈，没有征战沙场的悲壮，只有在日常生活和工作中，多了一份责任和担当。我自嘲是"生活中的马大哈、工作中的强迫症"。其实每天从穿上白大褂那一刻起，我的内心就绷紧了一根弦，那根弦上承载着患者的生命与愿望、承载着我的担当与使命……

如果没有亲身经历这场刻骨铭心的战"疫"，我想我对党性的认识，还是不够深入的。以前不管是书面上的，大会上的，还是萦绕在脑海中的："共产党员要起到先锋模范带头作用，要英勇奋斗……"这些耳熟能详的话，我内心没有真正理解，但一场疫情，让我对党性的认识有了质的飞跃。在这场没有硝烟的战争中，我真正体会到了在国家危难时，"冲锋在前""舍小家为大家""不怕牺牲"原来不是口号，那是每一个共产党员的信念和行动。

还记得新冠肺炎疫情期间在湖北同胞需要支援之时，我坚定写下请战书那一天。8岁的孩子问我："妈妈，你可以不去吗？"我给他讲了共产党员的担当、医务人员的使命；讲了祖国妈妈培养了我，鸦有反哺之义、羊有跪乳之恩；讲了滴水之恩当涌泉相报后，他理解了一部分，哽咽着问我："妈妈，你如果去了武汉，还回来吗？"我说："当然要回。"他双眼蓄满泪水地告诉我："那我同意你去5天。"孩子的话语天真烂漫。但那一刻，身为共产党员，我的内心无比坚定，因为我深知，是祖国养育了我，在祖国有难需要我时，我定当义不容辞。

后来服从医院安排，我没能上前线，而是坚守后方，在自己的岗位上履职尽责。当病房里的一个患者完善术前检查后，满怀期待地等待手术时，却被告知因为疫情关系，献血人数锐减，血液中心缺血，A型、O型血的患者停手术那一刻，我看到患者脸上的失望、家属脸上的忧伤，我感受到了他们内心的焦急。共产党员的党性告诉我，在抗疫的关键时期，力所能及地尽一份力，是责任、是义务、是担当！因此我主动去献了血，当血液中心工作人员发来短信，告知我的血液已经通过检测用到了患者身上那一刻，我内心的欣喜与雀跃是无以言表的。我想这就是党性！

在这场疫情中，我看到了党员干部的坚守与尽责，看到了前线战士的无畏与担当。英雄的模样变得清晰明了，雷锋的身影随处可见。我对党性有了直观、深刻的认识，或许不是每个人都能成为可歌可泣的英雄，但人人都可以成为雷锋。我们要心中有党，时刻为别人着想，不计较个人得失，把国家利益放在首位，在国家有需要时，定当义不容辞、挺身而出、将生死置之度外，这就是我理解的党性！这也将继续成为我人生路上前行的力量！

（四川大学华西医院胃肠外科一病区　卢春燕）

山河无恙，人间可安

"护士长，我是汶川人，请求让我去前线！"

2008年5月12日那天，地动山摇，飞沙走石。我听说了一座山直接掩埋一个村庄的悲惨故事；我知道了一位父亲徒步两天两夜去平武寻找自己孩子的舐犊深情；我看见过衣衫褴褛的逃难者，静静坐在路旁的无助。那段时间，各种媒体都在播出汶川大地震的新闻，而我便是"震中人"。

2020年新年伊始，一场疫情席卷整个武汉，后来蔓延至全国。

此时的我新入四川大学华西医院中西医结合科，刚刚和组长熟悉，刚和带教老师上第二个夜班。突然看见群里有人说："方老师、刘老师，注意安全！等你们平安归来！"我很迷惑，第二天我得知方怡老师和刘迅老师准备去武汉支援了。我的心突然"咯噔"一下，涌上一股说不出来的情绪。我想老师们不怕吗？怎么可能不怕啊，每天不断传来疑似、确诊、死亡……可是责任和使命，却让她们战胜了恐惧。

两位老师去支援的通知很突然，晚上11点接到通知，第二天一早就出发。临行的早晨很多老师的亲人都来送别，可是方老师却不让。我想，亲人送别的场面最是伤心。因为害怕自己有忍不住的情绪，害怕孩子的悲伤，害怕父母的叮嘱，所以不见最好了。就像平时那样最好。

后来在出征名单里，我看到了越来越多我熟悉的名字。我告诉朋友，我好担心，我的老师们一个一个奔赴前线，他们都是和我朝夕相处过的人啊。朋友说，她的一位同事，在疫情发生后，立即主动向护士长请战支援武汉。同事说："护士长，我是汶川人！当年大家帮助过我们，而现在轮到我了！"

你看，中国人在大灾大难面前永远展现的都是坚毅的一面，既然活下来了，那就好好活着，在需要我的时候，我也毫不畏惧。四川当年经历的那场地震，让全国上下无数人心系它，有来自全国各地的医护、救援人员，有各省的援建，后来，四川恢复了，站起来了。

现在，四川人民来了！把他们认为最好吃的菜、最乐观的心态、最好的医疗队伍都送去武汉了！

我是一名四川大学华西医院规培护士，我的老师们奔赴前线，去做她们力所能及的事，而我要坚守阵地，向她们看齐，努力成长，继承华西精神！

（四川大学华西医院2018级规培护士 顾佳宇）

几重山岭

刚轮转科室不到两周，疫情暴发了。当时的我，看着手机上新闻传递的那一条条疫情越来越严重的信息，不由得担心起来，同时也在犹豫着，20多年来我从未缺席的除夕家宴，今年是否需要暂停一下呢？

但当我的老师问我"是否能待命在成都随时回来上班"时，我立刻答应了，决定留在这出租小屋里，不回家过年。一旦组织需要我，我就能站出来！

我对于自身的专业知识以及技能操作不太有信心，我怕自己不具备充分的战斗力，特别是刚刚换了科室，对于许多东西还不熟悉。但我觉得，这样做才对得起我当初成为医学生时宣誓的誓言："本着良心与尊严行医；病患的健康生命是我首要顾念；尽力维护医界名誉及高尚传统；对病患负责，不因任何宗教、国籍、种族、政治或地位不同而有所差别；生命从受胎时起，即为至高无上的尊严。"

作为医护人员，我们不是什么超级英雄，没有什么超能力，我们如同中世纪的骑士，以自己立下的誓言为准则，以技术与专业知识为武器，而白大褂与护士服就是我们的铠甲，义无反顾地同死神战斗。希波克拉底誓言为我们医护人员立下的基准，一代代传承下来，我们才能战胜一个个疾病和一次次灾难。

在漫长的春节休假之中，多了许多时间足够让我更多地去思考。因此许多内心的想法都浮出了水面，我困惑于自己是否该走这一条道路或是该逃避当下？

但当我少了坚定、多了不安的时候，我不禁想我的前辈们在做什么呢？

他们走上了抗疫的第一线。其中不乏我熟悉的老师们，有的老师申请支援武汉一线，有的老师加入支援成都公卫中心，还有的老师奔赴海外，大家都在前线努力同病毒做斗争。

因疫情影响，出行的人减少，四川省血库告急。在门诊大楼的献血车处，每天都能见到许多老师在无偿献血，即便一会儿她们还有自己的工作岗位要坚守。医院内的保安尽职地管理各个出入口来往的人。许多志愿者老师利用休息时间来参与体温检测和排查发热人员。见到这一切，我心中那团乌云终于散去。在身边这些护理前辈身上，我看清了前路，看到了我努力的方向。

现在我正在快步赶上科室业务学习的进度，也在每一次对患者及家属的体温检测之中多了份谨慎，只有这样才对得起我这一身白衣与那份誓言。

虽然在我眼前的是层峦叠嶂的远山，但我沐浴在春风之中，白昼时随着太阳前行，夜晚时，有月光与星辰指引前路，终有一天，我会努力攀上山峰，抵达目标。

（四川大学华西医院2018级规培护士 蒲琢文）

本章素材部分源自四川大学华西医院中心ICU：杜爱平、蔡琳、卫新月、刘瑶、潘华英、李阳、冯燕、宋思妤；四川大学华西医院放射科；四川大学华西医院康复医学中心：徐艳玲；四川大学华西医院消化内科：王瑞；四川大学华西医院急诊科：吉克夫格；四川大学华西医院胆道外科：李雯；四川大学华西医院日间服务中心：蔡雨廷、戴燕、黄明君；四川大学华西医院规培护士：顾佳宇、蒲琢文；四川大学华西医院中西医结合科：冯睿智；四川大学华西医院胃肠外科：卢春燕；四川大学华西医院手术室：黎绍建；网易新闻。

（本章编辑：宗思妤）

附　录

表1　华西医院医护人员发表的新冠肺炎相关论文

序号	作者	发表杂志	论文题目
1	宁宁等	《中国修复重建外科杂志》	新型冠状病毒疫情下医护人员器械相关压力性损伤防护华西紧急推荐
2	冯梅等	《中国呼吸与危重监护杂志》	新型冠状病毒肺炎一线支援医疗队护理团队建设
3	冯梅等	《中国呼吸与危重监护杂志》	华西医院新型冠状病毒感染肺炎诊治一线医疗队武汉驻地内部管理
4	蒋艳等	《中国护理管理》	2019新型冠状病毒感染肺炎紧急救治下护理人力资源调配方案实施及效果
5	刘素珍等	《中国胸心血管外科临床杂志》	新型冠状病毒感染疫情的社区防控
6	张静敏等	《暨南大学学报（自然科学与医学版）》	急诊科护理管理在新型冠状病毒肺炎防控实践中的应用
7	赵会玲等	《医学教育研究与实践》	新型冠状病毒肺炎疫情期间规范化培训护士自我效能与工作压力的相关性分析
8	刘雨薇等	《护理研究》	新型冠状病毒肺炎疫情期间发热筛查相关问题的证据总结
9	邓蓉等	《中国感染控制杂志》	新型冠状病毒肺炎隔离病房医护人员心理压力的影响因素
10	陈慧等	《护士进修杂志》	消毒供应中心在防控新型冠状病毒肺炎中的实践探索
11	林琳等	《中国胸心血管外科临床杂志》	新型冠状病毒肺炎疫情下胸外科择期手术患者收治及术前管理策略
12	刘坤等	《护士进修杂志》	新型冠状病毒肺炎疫情下普通病房的护理管理策略
13	杨小玲等	《中国普外基础与临床杂志》	新型冠状病毒感染肺炎疫情下肝移植受者住院及居家防控策略
14	薛秒等	《护士进修杂志》	新型冠状病毒肺炎疑似患者隔离病房的建立与管理
15	陈林等	《护士进修杂志》	新型冠状病毒肺炎流行期间血液透析患者的应急管理
16	杨翠等	《成都医学院学报》	新冠肺炎期间四川省医疗队支援武汉驻地感控管理措施

续表

序号	作者	发表杂志	论文题目
17	张静敏等	《基础医学与临床》	急诊科抢救区新型冠状病毒肺炎患者的护理管理
18	高永莉等	《成都医学院学报》	新冠肺炎疫情下四川省男护士心理困扰与社会支持、心理弹性的关系
19	廖霞等	《骨科》	新型冠状病毒肺炎疫情下髋/膝关节置换术互联网+延续管理模式的构建及应用效果分析
20	樊丹丹等	《西部医学》	新型冠状病毒肺炎期间血透室医护人员心理健康与社会支持的相关性
21	蔡耀婷等	《护理研究》	人工智能技术在新型冠状病毒肺炎疫情防控工作中的应用及启示
22	纪小琴等	《医学教育研究与实践》	新型冠状病毒肺炎疫情期间四川地区护理本科生的心理状况分析
23	冯梅等	《华西医学》	成组闭环护理模式在新型冠状病毒肺炎重症监护病房的管理实践
24	王春燕等	《广西医学》	阶梯式营养管理在新型冠状病毒肺炎患者中的应用效果
25	刘坤等	《护士进修杂志》	新型冠状病毒肺炎防治一线医务人员亲属的心理健康状况调查
26	蔡思等	《华西医学》	新型冠状病毒肺炎流行期间密集人群体温快速精准测量方法研究
27	黄雪花等	《四川精神卫生》	新冠肺炎疫情下网络心理危机干预模式在一线医护人员中的建构
28	吴孟航等	《中国普外基础与临床杂志》	华西医院心脏死亡器官捐献供体新型冠状病毒感染快速筛查工具的初步构建
29	贾丹等	《中华护理杂志》	大型综合医院门诊应对新型冠状病毒疫情的管理策略
30	冯梅等	《中华护理杂志》	新型冠状病毒肺炎疫情期间规范化培训护士的管理及培训
31	申明等	《胃肠病学和肝病学杂志》	复工期间新型冠状病毒疾病个人科学防控知识与管理策略
32	吴颖等	《实用心脑肺血管病杂志》	新型冠状病毒肺炎患者呼吸治疗相关部分高风险操作的院感防控建议
33	张静敏等	《基础医学与临床》	新型冠状病毒肺炎患者急诊科转运路径
34	佟乐等	《基础医学与临床》	新型冠状病毒肺炎武汉一线支援队华西医疗队驻地管理

表2　四川大学华西医院护理团队立项科研项目名单

项目类别	项目负责人	项目名称
成都市科技局新冠专项技术创新研发项目	蒋艳	新冠肺炎临床护理关键技术研究
	樊朝凤	高风险临床操作气溶胶防控的应用研究
四川大学华西医院新冠肺炎疫情科技攻关院内项目	蒋艳	突发公共卫生事件下护理人力资源紧急调度策略研究
	黄浩	三级医院综合抗灾应急医疗物资供应体系的建立
	谭明英	基于5G+微信新媒体的新型冠状病毒应急防控科普"健康教育大讲堂"服务模式研究
	杨兴海	新型病毒疫情一体化防护服
	吴小玲	SARI救治中不同氧疗支持方式与医院感染控制的相关性研究
	宁宁	基于自由基聚合法技术高密合性、舒适度P-n自粘性防护口罩的研发及其效果验证
	叶磊	新型冠状病毒肺炎疫情期间急诊医务人员心理韧性干预策略构建与应用效果研究
	黄雪花	"新型冠状病毒肺炎"治疗一线医护人员应激反应及危机干预模式研究
	陈凤姣	传染病类突发公共卫生事件护理人员应对能力培训项目的开发与评价
	何晓俐	突发公共卫生事件门诊医师出诊系统应急管理的研究

后 记

庚子年春，疫情肆虐，席卷全球。危急时刻显担当，抗疫战场践初心。212名"华西战士"白衣执甲，逆行出征，勇赴湖北武汉、河北石家庄、新疆喀什等地；4 000余名护士众志成城，坚守后方。唯愿，山河无恙，人间皆安！

疫情是一支号角！

病毒横行，传播；病人感染，逝去……每一个鲜活生命的离开都是一支无声的集结号。无论是1 000多封印着鲜红指纹的请战书，还是一张张离开团圆家宴、义无反顾返岗的熟悉面庞，那冲天的斗志不可谓不壮观，不可谓不感动。

疫情是一面镜子！

风险未知、前路迷茫时，华西护理团队总是显现出坚毅果敢的团队作风，除了责任担当和民族大义，更多的是对自己团队科学战"疫"专业实力的自信，是捍卫百年华西护理金字招牌的必胜决心。

疫情是一张考卷！

严峻的形势，对所有医务人员提出巨大的挑战。华西护理团队，作为全国护理界的"优等生"，在成功应对过"非典"、汶川特大地震、芦山地震、九寨沟地震、尼泊尔地震等多次应急救援工作之后，面对新冠肺炎疫情，再次交出了一份完美答卷。我们在艰苦战"疫"中，做到"零感染"；我们在武汉战场让华西护理模式迅速落地生根；我们一面克服重重困难，努力共克时艰；一面积极总结科学化的管理模式及方法，整理成册，无私共享；我们科学战"疫"，用精业与敬业为意大利，为埃塞俄比亚，为吉布提，为阿塞拜疆，为那些被疾病所困的人们点亮一盏温暖的灯……

疫情是一把钥匙！

这场抗击新冠的阻击战，揭开了华西护理人大爱无私的面纱，亮出严谨求实的底色。我们希望写出一个个温暖的故事，来铭记这场战"疫"中的人和事，来回忆那些炽热的眼眸、火热的心灵、温暖的脸庞。请记住这一个个鲜活的个体，因为他们为誓言逆风而行，他们，如星光，如火烛，照亮生命的旅程。

关于这本书，我们是有遗憾的，因为它不能记录每一个令人感动的瞬间；关于这本书，我们也是骄傲的，因为它记录了华西护理人恒久不变的家国情怀。

在本书成稿之际，仍有一批华西护理人奋战在新疆乌鲁木齐和喀什、河北石家庄前线。多年以后，当人们翻开这本书，仍然可以重温2020年那个春寒料峭的季节，华西护理人究竟经历了什么，创造了什么，改变了什么……

2021年1月